KB195397

풍경에서 피어난 말들

일러두기

1. 각 부의 시 수록 순서는 시인 이름의 가나다순을 기준으로 배열하였다.
2. 사진과 문자로 구성된 디카시 작품을 왼쪽에, 그에 대한 해설을
   오른쪽에 두었다.
3. 오른쪽의 해설에서 큰따옴표(" ")로 표시한 것은 왼쪽의 디카시 작품에서
   인용한 것이며, 작은따옴표(' ')로 표시한 것은 디카시 제목이나 강조하고
   싶은 말, 또는 다른 곳에서 인용한 말들이다.
4. 디카시 제목은 홑낫표(「 」)로 표시하였다. 또한 문학, 영화, 드라마, 음악
   작품들의 제목도 홑낫표로 표시하였다. 시집을 비롯해 단행본이나 잡지,
   신문 등은 겹낫표(『 』)를 사용해 표시하였다.
5. 각 디카시 작품의 본문은 일반적인 띄어쓰기 규칙 등을 적용하지 않고
   각 시인의 의도를 존중하여 원문 그대로 수록하였다.
6. 각 디카시 작품 해설은 최광임 시인의 연재기사를 바탕으로 하고
   있으며, 이에 따라 글의 작성시점이 통일되지 않은 것을 그대로 두었다.

최광임 지음

마음으로 읽은 디카시 해설집

풍경에서 피어난 말들

예술의 일상화,
일상의 예술화를 꿈꾸는 디카시

세상이 준 상처는 마음으로 치유해야 한다. 디카시를
쓰는 일은 세상으로부터 상처 입은 나를 치유하며
동시에 내 상처가 세계에 상처 내는 일을 멈추게
하는 일이다. 디카시 창작은 다른 무엇보다 세상의
모든 것과 마음으로 만나야 가능한 일이기 때문이다.
　　흔히 "누구나 디카시를 쓸 수는 있지만
좋은 디카시를 쓰기는 쉽지 않다"라고 말한다.
사실 스마트폰을 사용하고 글을 쓰고 읽을 줄 아는
사람이라면 누구나 디카시 창작을 할 수 있다.
디카시의 가장 큰 매력 요소는 접근성이 수월하다는
것이다. 그러나 사진과 문장이 융합하여 전혀
새로운, 시적인 어떤 세계를 완성하는 일은 결코
쉽지만은 않다. 이 지점이 바로 디카시가 예술이라는
사실을 증명한다.
　　수많은 사람이 예술을 일상화하는 것을
상상해보라. 일상의 예술화는 우리의 삶을 풍요롭게
만드는 길 중 하나다. 디카시를 통하여 사물이

마음의 언어를 갖게 되고 말할 수 있게 된다. 그러면 사람의 언어에도 비로소 풍경의 마음이 깃들지 않을까. 이를 통하여 공감과 격려와 위로가 들꽃처럼 무성해지는 신세계를 꿈꿀 수 있지 않을까.

그런 희망을 품고 두 번째 디카시 해설집을 낸다. 2021년부터『경남일보』에 매주 디카시 해설을 연재해왔다. 그곳에 연재한 작품 190여 편 중에서 80편을『풍경에서 피어난 말들』로 묶었다. 첫 번째 디카시 해설집『세상에 하나뿐인 디카시』에 수록된 작품의 필진 대부분이 시인이었던 것에 비해, 이번 해설집에 인용된 디카시 필자는 시인, 독자, 수필가, 번역가, 화가, 가수, 초등학생, 대학생 그리고 외국 대학생까지 다양하다. 수록 작품을 선정하는 과정에서 디카시가 본격문학임과 동시에 생활문학으로 누구나 창작하고 향유할 수 있다는 점을 반영하였다.

2024년은 디카시 발원 20년이 되는 해다. 나 또한 2006년부터 창신대에 강의를 나가게 된 것을 인연으로 디카시의 창시자인 창신대 이상옥 교수님과 함께 지금까지 디카시 문예운동을 해오고 있다. 2006년 12월 무크지『디카시 마니아』 발간을 시작으로, 2007년 12월『디카시』의 창간과 함께 오늘에 이르고 있다. 현재 디카시 운동은 한국디카시인협회를 창립하고 전국에 지부와 지회

그리고 수십여 개의 해외 지부를 창립하여 디카시를
K-문학으로 세계에 알리는 일에 주력하는 수준에
이르렀다.

디카시가 시문학의 한 장르로 자리매김하기
위해서는 대중만이 아니라 전문 시인들도
적극적으로 작품성 높은 디카시를 창작해야 한다.
이에 시인들을 계간 『디카시』의 필진으로 모시는
일에 주력해왔다. 동시에 디카시를 콘텐츠로
하는 다양한 문화 및 문학 행사를 열어 디카시의
저변을 넓히고자 했다. 서울시가 주최한 디카시
낭독회 '시가 흐르는 서울', 대산문화재단이 후원한
'교보낭독공감', 국립중앙도서관이 주최한 'SNS
시인시대 展' 등의 장기 행사를 통해 온·오프라인을
가리지 않고 시인과 대중이 함께할 수 있는 문학
공간을 만들어왔다.

2014년 8월부터 2017년 7월까지
『머니투데이』에 주 2회 디카시를 연재하면서
디카시가 전국적으로 확산하기 시작했다. 디카시의
사진이 네이버와 다음 포털 사이트 메인에
업로드되면서 디카시는 일파만파 퍼져나갔다.
스마트폰 모바일에 디카시가 큰 화면으로 나오면서
대중이 디카시를 읽을 기회가 폭증했던 것이다. 어떤
디카시는 조회수가 10만이 넘었다. 이어 2018년에는
(앞서 『세상에 하나뿐인 디카시』에 소개한) 디카시가
처음으로 중고등학교 국어 교과서에 수록되면서

디카시는 제도적으로 더욱 안정된 자리를 차지하기
시작하였다.

한편으로는 해외 주재 국민과 대학생에게
디카시를 알리기 위해 해외에 거주하는 시인이나
대학에 근무하는 한국어과 교수를 대상으로
디카시를 소개했다. 2019년 5월에는 인도네시아에
거주하는 채인숙 시인의 주도하에 주인도네시아
한국문화원과 한국디카시연구소가 '제1회
인도네시아 한글 디카시 공모전'을 시행하였다.
2020년 9월에는 나에게 디카시를 소개받은 홍은택
교수가 인도 자와할랄 네루대학교와 델리대학교
한국어과 학생들을 대상으로 '오래된 미래, 인도에
디카시를 전하다'라는 특강을 하면서 디카시를
전파하였다. 현재 홍은택 교수를 초청했던 이명이
교수가 인도에서 디카시 보급에 열중하고 있다. 이에
두 나라 대학생의 한글 디카시를 계간『디카시』에
소개해오고 있다. 향후 더 많은 해외 대학생들의
한글 디카시를 만날 수 있게 될 것으로 기대한다.

그 밖의 대내외적인 디카시 문예운동은
한국디카시인협회의 김종회 회장과
한국디카시연구소 이상옥 대표 그리고 두 기관의
사무총장직을 수행하고 있는 이기영 시인, 계간
『디카시』를 만드는 부주간 천융희 시인이 함께
해왔다.

디카시가 생활문학으로 확산하는 데는 각

지자체가 시행하는 공모전이 일익을 담당하고 있다. 지방자치단체에서 디카시를 그 지역의 명소, 명물, 특화된 프로젝트 등을 알리기 위한 문화관광 콘텐츠로 활용하는 사례가 점점 늘고 있기 때문이다. 디카시는 문학 장르이자 동시에 디지털 혁명 시대에 최적화된 문화 콘텐츠라는 점에서 지자체가 추진하는 문화관광사업과 훌륭한 조합을 이룬다.

디카시의 확산일로에서 한편으로 우려스러운 점은 디카시의 정체성이 제대로 지켜지지 않고 있다는 것이다. 실제로 대중이 창작하는 많은 작품은 디카시가 아니라 '사진시'다. 사진과 사진 설명에 가까운 글의 조합, 혹은 문장의 완성에만 집중하여 사진이 문장의 보조로 전락한 사진시가 디카시인 것처럼 통용되고 있다. 심지어 시인들조차 디카시라고 말하며 실제로는 사진시를 쓰는 경우가 허다하다. 이는 일부 대중이나 시인들이 디카시를 단순히 '사진에다 시를 합치는 것'이라고 잘못 알고 있는 데에서 생기는 문제다.

　　2023년엔 MOU를 맺어 한국디카시인협회 주관의 '디카시창작지도사' 과정을 경남정보대 평생교육원에 개설하였다. 1년 과정(48주)의 급수별(4급~1급) 수업을 통하여 디카시의 정체성을 제대로 알고 창작하며 지도할 수 있는 자질을 갖춘 전문가들을 배출하여 디카시를 올바로 전파하자는 취지에서 만든 과정이다. 앞으로 제대로 자격을 갖춘 디카시창작지도사들이 양성, 배출됨으로써 도서관, 문화센터, 주민센터, 지역 서점, 학교 등 다양한 현장에서 대중에게 디카시창작지도를 통하여 디카시에 대한 대중의 올바른 이해를 도울 것이다.

지난겨울 70여 일을 포르투에서 보냈다. 지금도 마음속 풍경에서는 산타카타리나 거리의 늙은 댄서 부부가 웃고 있다. 음악에 맞춰 또각또각 절도 있게 그러나 세련되게 스텝을 밟던 그들의 모습에 어떤 삶의 문자를 붙일까. 이 새벽 아름답던 그 풍경이 내게 말을 걸어온다. 디카시는 모든 풍경을 사랑한다.

　　　끝으로 이 책을 만들면서 시간에 쫓기는 나를 기다려준 진 편집자님, 신 본부장님께 고마움을 전한다. 또 작품으로 함께 해주신 필자님들에게도 깊은 감사 인사를 드린다.

2025년 벽두에
최광임

차례

1부 – 꼭 피어난 말들

2부 – 마음의 행로

3부 – 산 시인의 사회

1부 꼭 피어난 말들

푸른 내 그림자 아래서
별빛 눈동자 뜨는 토끼풀꽃들
그래,
내가 마고할미다

김금용, 「마고할미」

변산 적벽강에 자리 잡고 있는 수성당은 개양할미를 모시고 있다. 개양할미는 어찌나 큰지 굽나막신을 신고 서해를 저벅저벅 걸어다녔다. 칠산바다에 조기가 풍어여서 어선마다 만선이 되게 하였다. 개양할미가 깊은 물을 모래와 돌로 메우면서 어선들을 돌보았기 때문이다. 제주에는 몸속에 모든 것을 가지고 있어서 만물을 풍요롭게 만들었던 설문대할망이 있다. 경기 지역에선 노고할미, 강원 지역에선 서구할미라 부른다. 모두 창조신 마고할미의 다른 이름들이다.

시인이 만든 창조 신화도 풍요롭다. 만물의 그림자는 무명이지만 여신의 그림자는 푸른색이어서 그 아래에서는 생명이 팝콘처럼 터져 나온다. 여신의 푸른 그림자는 풍요와 다산의 상징이다. 시인의 배포를 엿본 셈이다. 여기서 '할미'는 크다는 뜻의 '한'과 생명의 뿌리를 의미하는 '어머니'를 합쳐 부르는 것이니, 할미를 늙음과 결부시키는 것은 금물이다.

맑은 날 오리라!

서로 의지하며
꿋꿋이 버티고 있다

김정숙, 「휴업」

「휴업」의 시적 대상인 빨래집게의 역할은 빨래가 바람에 날아가지 않도록 잡아주는 것이다. 이 존재의 역할은 날씨가 좋을 때만 가능하다. 이미지만으로는 단순할 수 있지만, 시적 의미로는 절대 가볍지 않다. 빨래집게를 날씨에 영향을 받는 노동자들로 비유한다면 시적 정조가 사뭇 달라진다. 가지런한 빨래집게는 비가 와서 일터에 나가지 못하는 날을 의미하기 때문이다. 공치는 날인 줄 알면서, 다른 일거리라도 얻을 수 있을까 기대하며 인력사무소에 대기하고 있어야 한다. "서로 의지"가 필요한 사람은 처지가 같은 사람들이라는 것을 인식하고 의지 삼아 버틸 수 있다.

　디카시의 매력 중 하나는 바로 이런 데 있다. 쉽게 읽히지만, 결코 쉽지 않은 시적 메타포를 만날 수 있다.

세상이 커 보였습니다
서로 우러러보지 않게 작았습니다
세상이 높아 보였습니다
다정한 말들이 담벼락을
넘지 않았습니다

문동만, 「어느 날 소인국에서」

노인과 아이가 함께 있는 풍경만으로도 세상은 다정하다. 어르신들 눈과 마음에 그득할 즐거움과 사랑, 지금 저곳을 자신이 보는 세상의 전부인 것으로 알고 있을 아이의 마음, 가득하고 환한 햇살까지. 평화의 모양은 저런 것이리라.

디카시 소재들의 대비가 극적으로 조화롭다. 허리 굽은 노인들과 직립한 작은 아이의 대비, 커 보이고 높아 보이는 세상과 서로 우러러보지 않을 정도로 작은 사람들의 대비, 장차 더 작아질 노인들과 더 크게 될 아이의 대비가 조화를 이룬다. 크고 높은 "담벼락"은 이들이 세상을 가르는 기준이 된다. 담벼락 넘어 세상이 아무리 높고 커 보인다 할지라도 소인국 사람들이 부러워할 이유가 되지 않는다. 그들에게는 소인국에서만 가능한 "다정한 말들"이 있으므로. 그런 말만으로도 저들의 마음은 무한히 따뜻할 것인데 소인국에는 햇볕까지도 환하게 따스운 풍경이라니. 따뜻함이 필요한 사람이라면 문동만의 「어느 날 소인국에서」를 읽을 일이다.

네가 써 놓고 간 꽃무늬 글자들.

물살 흔들릴 때마다
불멸의 문장처럼 반짝거린다.

글자 하나하나가
네 낯처럼 눈부시다.

박완호, 「꽃잎 편지」

아직도 디카시는 사진이 중요하다고 인식하는 사람이 많다. 시인들은 '나는 사진을 잘 찍지 못해서 디카시를 못 써'라거나, '내가 사진 공부를 좀 해서 디카시에도 관심 있어'라고 한다. 또 사진을 좋아하는 사람들이 '디카시가 사진을 다 망쳐놓고 있어'라고 말하는 경우도 종종 접한다. 모두 디카시를 제대로 이해하지 않은 데서 나온 말들이다. 잘 찍은 사진은 그 자체가 작품이다. 그에 비해 디카시의 사진은 꼭 작품일 필요가 없다. 디카시의 이미지는 서정시와 같이 화자의 시적 정서 또는 시적 정조 등과 호환한다. 다시 말해 디카시의 이미지는 시인의 정서적 의미로 작동한다. 그러므로 때로 구도가 잡히지 않은 사진도 디카시의 소재로 훌륭하게 사용될 수 있다. 사진의 구도나 작품성이 중요한 것이 아니라 시인의 정서적 반응이 중요하기 때문이다.

박완호의 사진은 문장을 만나서 비로소 '꽃잎 편지'로 완성된다. 빛을 받아 반짝이며 흔들리는 물살 위에 꽃잎들이 한 무더기로 떠 있다. 나무의 그림자도 어룽거리고 조리개를 가린 시인 손가락의 형체도 번져 있지만, 박완호의 시적 정서는 물살 위의 꽃잎에 꽂혀 있다. 그것을 "꽃무늬 글자"라고 한다. 글자는 이내 편지가 된다. 거기다 "물살 흔들"리면 '문장'은 흩어질 것이라는 일반적 인식을 뒤엎고 "불멸의 문장"으로 흔들리는 물살과 충돌하게 함으로써 디카시의 의미를 극대화한다. 여리디여린 꽃잎에서 촉발한 시적 정서가 글자로 재현되고 다시 불멸의 문장으로 재현되었다가 너("네 낯")로 환생하는 상상력의 길항을 보여준다.

봄나들이 나왔다
사랑꾼 걸음마
잎새에 앉아 풀 향기에 갸우뚱

하늘 눈치를 본다

서장원, 「봄비」

디카시는 사진과 문장의 통합이자 융합이다. 시적 언술만으로는 의미가 형성되지 않는다. 사진만으로도 시적 의미를 형성할 수 없다. 사진과 문장이라는 각각의 독립적인 텍스트가 통합하여 전혀 새로운 어떤 것으로 융합되어야 한다. 이때, 사진과 문장의 통합 방식은 인접 거리의 유사성을 갖거나 이질적인 두 텍스트를 강제로 결합하기도 한다.

「봄비」를 시적 언술로만 보면, "봄나들이 나"온 주체가 누구인지 궁금해진다. 어린아이일지 모른다고 생각하다가 이내 고개를 젓는다. "하늘 눈치를" 볼 줄 아는 것으로 보아 어린아이가 아니라는 것을 알게 된다. 그렇다고 "걸음마"라거나 "잎새에 앉아 풀 향기에 갸우뚱"하는 행위에서 아장아장 뒤뚱뒤뚱 귀여움과 천진함이 연상되어 어른으로 짐작할 수도 없다. 그렇다. 이러한 시적 언술을 이미지의 상황이 보완하고 있다. 역시 이미지 속 둥굴레잎의 물방울만으로는 보이는 만큼만 해석된다. 그런 이미지가 시적 언술을 만나 하루가 다르게 자라기 시작하는 둥굴레잎으로 '물방울'들이 나들이 나왔음을 알게 된다. 이때 어리게 비유되는 '봄비'는 물방울들을 키울 수 있을 뿐 아니라 둥굴레도 키운다. 생명 가진 모든 것을 키운다. 봄이 자라는 것이다. "하늘"이 '봄비'에 맡긴 직무다. 고로 봄의 하늘 아래는 계급이 없다. 모든 것이 생동으로 넘친다.

이 세상에 처음 온 사람처럼
어딘가 아무도 모르는 곳에
숨어 딴 사람처럼 살아보고 싶을 때가 있다

아무래도 아쉬워
저 하늘로 돌아갈 수는 없을 때

송경동, 「끝집」

집의 표상은 안정과 그리움이다. 휴식의 공간이자 사랑의 공간이다. 집의 현재성이다. 반면에 그리움은 과거이며 내밀한 공간이라 할 수 있다. 내가 좋아하는 음식이 있는 공간일 수 있으며, 어머니가 끓여주시던 청국장 냄새 가득한 주방이거나, 무서운 동화를 듣던 문간방일 수 있다. 현재든 과거든 집을 떠올린다는 것은 몸이나 마음이 지쳐 있다는 증표겠다.

우리는 자주 지친다. 세상 끝에 다다른 것처럼 지칠 때도 있다. 그때마다 나만의 내밀한 공간을 떠올리게 된다. 집에 있지만 또 다른 집이 그리워지는 것인데, 번다한 지금 여기에서 벗어나 내 정서에 맞는 장소에서 익명으로, 마치 "이 세상에 처음 온 사람처럼" 살고 싶은 것이다. 그곳에 살다 보면 유년의 집처럼 훼손되지 않은 정서로 회복될 수 있지 않을까. "저 하늘로 돌아"가기에 아직은 아쉬우므로 '끝집'에서 몇 계절쯤 살다 보면, 다시 세상으로 나올 힘이 생길 것 같다.

퐁당
물결이 일렁인다
아직 세 번의 기회가 남았다

신새롬, 「물수제비」

「물수제비」는 두원공과대학교가 시행한 2023년 제4회 디카시 공모전에서 대상을 받은 작품이다. 두원공대는 2020년 전국 대학 최초로 재학생 대상 디카시 공모전을 개최했다. 코로나19로 심신이 지친 학생들의 정서적 치유와 대학 생활이 활기를 되찾길 바라는 의도에서였다. 2023년부터는 응모 자격을 학생뿐만 아니라 교직원으로까지 확대하였다.

신새롬의 「물수제비」에서 (디카)시적 소재를 순간 포착한 감각의 탁월함과 호떡을 굽는 철판과 강물 사이, 사진과 문장 사이의 미적 거리가 만들어내는 텐션(tension)을 높이 샀다. 좋은 디카시는 사진과 문장이 융합하여 화학 반응을 일으키듯 새로운 의미가 생성되어야 한다. 사진은 독단적으로 의미를 생성하지 못하고, 또 사진 없이 문장만으로도 메시지가 생성되지 않는다. 특히 3행의 "아직 세 번의 기회가 남았다"라는 문장은 사진이 없다면 어떤 의미도 만들지 못했으리라. 그런 면에서 「물수제비」는 비독립적인 사진과 문장이 서로를 보완하고 보조하면서 뜻밖의 시적 의미를 만들어낸 수작이다.

술이 덜 깬 아침
해장국 먹으러 가는데
한 나무가 손을 번쩍 든다

"나도 들 깨"

신은숙, 「동병상련」

일상의 유머가 디카시가 되는 순간이다. 이때 디카시는 생활문학이 된다. 일상을 문학화하고 문학을 일상화한다. 술을 마실 줄 아는 사람이라면 한 번쯤 경험하였을 전날의 과음과 아침 숙취. 그새 태양은 뜨거워지고 인적조차 드문 보도를 걷는 상황이 눈에 보이듯 훤하다. '조금만 마실걸' 하는 후회를 앞세워 해장국집을 찾는데, 흔들리는 머리 때문에 표정은 자동으로 일그러진다. 그때 눈앞에 들어오는 것이라니. 새파랗게 젊은 것이 '나도 술이 덜 깼다네?' 어느 어르신의 고운 손이 쓰셨는지 '들깨' 글자가 흩어져 있다. 농부의 눈에 잘 띄어 가을용 들깨 모를 사가기 바라는 마음에서 큼지막한 글자로 써놓은 것일 텐데, 그만 띄어쓰기가 되어버린 게다. 그것을 시인의 감각이 지나칠 리 있겠나. 시인처럼 밤새 저 푸른 것들이 '이슬'이라도 마셨는지 "들 깨"라고 하다니. 순간 시인의 일그러졌던 표정에 웃음이 번지지 않았겠나.

유리창 넘어 세상 펼쳐지네.
기차 달리는 길
아이들 눈빛은
희망 가득 담아
창 밖에 빛나네.

아만 뜨리파티, 「펼쳐진 미래」

2층 침대가 있는 기차를 타고 대륙을 가로지르며 달릴 때, 차창 밖에 펼쳐진 풍경이 휙휙 지나가고 순간순간 어떤 생각들이 떠올랐다 이내 스러지고를 반복하는 시간. 그 속에 서라면 아이가 아니더라도 설렐 수밖에 없을 터이다. 새가 멀리 날 수 있는 것은 이미 넓은 세상을 보았기에 가능한 일인지 모른다. 미지의 세상을 눈으로 보는 일은 그만큼 확실한 미래를 보았다는 것이나 진배없다. 미래는 다가오는 것이 아니라 펼쳐지는 것이라고 인식하기 때문일 터. 저 아이의 눈망울에 미래는 펼쳐졌으니, 우리에게 미래란 저 아이들을 바라보는 일이다.

한글을 알게 된 아만의 미래 또한 이미 펼쳐진 것처럼.

어제는 한 남자가 울고 갔습니다
오늘은 내가 울었습니다

흰 눈이 모두 지웠습니다

위점숙, 「의자는 안다」

임금은 제자리 수준인데 물가는 천정부지로 솟는 상황에서 한 해가 저물고 있다. 지난겨울엔 대구 일가족 자살 기사를 접하고, 며칠 후엔 익산의 일가족 네 명이 숨진 채 발견되었다는 기사를 읽었다. 사회 경제가 좋지 않을수록 일가족 자살 사건도 느는 것 같다는 생각이 억측만은 아닐 것이다.

어제와 오늘 남자와 여자가 의자에 앉아서 울다 간 사연을 알 수는 없다. 남남일 수도 있으며, 어쩌면 가족일지도 모르지만, 그들의 관계는 중요하지 않다. 그들이 의자에 앉아 편하게 쉬지 못했다는 점과 울었다는 점에 주목한다. 슬픔의 이유는 여러 가지일 수 있으나, 아무도 모르게 울고 갔다는 것은 심각함을 한층 고조시킨다. "흰 눈"은 텍스트상으로는 그들의 행위를 지운 것이지만, 의미로는 그들의 슬픔을 지워준 것으로 해석해도 무방하다. 다음 겨울엔 일가족을 죽음으로 몰아가지 않는 사회, "남자"와 "내"가 혼자 울지 않는 사회가 될 수 있도록 "흰 눈"이 새로운 세상을 만들어주기를 소망한다. 모두 힘든 한 해를 살아내느라 애 많이 썼다.

단단한 몸 한 채
비바람에 흔들리지 않도록
영혼을 녹 안에 감추고
하늘을 파헤쳐
초록의 시를 심는다

윤선, 「시」

어떤 우주 만물이라도 시인의 사유 안에서라면 뜻밖의 전혀 다른 것으로 탄생한다. 보라. 윤선은 저 풍경을 '시'라고 한다. 관목과 들꽃 사이 보호대를 차고 우뚝 선 저 나무(=몸)를 시라고 한다. 그러니까 육화된 시가 저 "몸 한 채"라는 것인데, 저 나무는 온전하지 못하여 보호대에 묶인 채로 저만큼 자랐다. 기실, 온전한 생이 어디 있겠는가. 그럼에도 하늘에 푸른 시를 써야 하므로 "비바람에 흔들리지 않"게 나무를 잘 보호해야 함은 당연한 일일 터. 사람의 영혼은 또 어떤가. 시인의 영혼이 온전해야 "초록의 시"를 쓸 수 있지 않겠나. 시의 영토를 확보하기 위해서는 영혼을 감추어야 할 때도 있는 법이다. 그렇게 시는 새로운 세계를 만드는 것이니.

쪼글쪼글 말라비틀어진 본처 뒤에서
첩살이는 이제 막 핀 한 떨기 꽃이네

이기영, 「환장할 봄」

이기영의 「환장할 봄」은 사진시가 아니라 디카시임을 명료하게 보여준다. 이미지와 문장의 미적 거리는 생경하게 동떨어져 있다. 문장만으로는 메타포가 형성되지 않는다. 시적 의미가 읽히지 않는다는 말이다. 그러나 사진과 문장이 융합하여 강렬한 메타포를 형성한다. 시인이 아니었다면 우리는 산수유꽃과 열매에서 "본처"와 "첩"을 읽어낼 방도가 없다. "쪼글쪼글"하고 "말라비틀어진" 본처와 이제 막 핀 한 떨기 꽃 같은 첩을 어떻게 비유 유추할 수 있겠는가. 사진 속 산수유꽃을 보며 봄이라는 것 정도는 알겠으나 왜 '환장할' 봄인지는 알 수 없다. 디카시뿐만 아니라 어느 예술이나 익숙한 의미 구조는 독자들에게 내용을 쉽게 이해하고 친근감을 느끼게 한다. 이것이 단순하거나 반복된다면 지루함에서 벗어날 수 없다. 이에 반해 이기영의 디카시는 일상적이고 친숙한 대상을 완전히 새로운 이미지로 창조해내면서 독자에게 보다 새로운 세계를 볼 수 있게 한다.

너랑 놀려면
나도 이렇게 앉아 있어야 하는 거야?
꽃구경 가야지

이러고만 있으면
안 심심해?

이소영, 「남의 속도 모르고」

강아지가 참으로 진지하다. 진중하기조차 하다. 동물에게
도 사람과 같은 인성이 있다고 가정한다면 보나마나 저 강
아지는 참 좋은 어른이 되리라. 이웃을 살뜰히 챙기는 어른,
무엇이든 급히 서두르지 않고 진득하게 기다려주는 어른,
누구라도 눈높이를 맞춰 이야기하는 어른.

　화자인 강아지의 어투는 여느 어린아이의 어투가 아니
다. 분위기는 진지하고 어조는 낮고 느리다. 다들 "꽃구경"
다니느라 분주한데 언제나 한 자세로 앉아만 있는 하루방
이 강아지는 신기하다. 친구가 되고 싶다. 하루방과 함께 꽃
구경 다니면 좋겠지만, 부동자세로 가만히 있는 하루방을
두고는 갈 수 없다. 심심해진 강아지는 하루방에게 조심스
럽게 물어보지만, 대답을 들을 수는 없다. 움직이지 못하는
하루방의 비애를 알 리 없는 어린 강아지는 하루방과 노는
법은 마주 보고 가만히 앉아 있는 것이라고 생각한다. '남의
속도 모르'는 강아지지만 얼마나 기특한가.

자아 여기 보세요
눈 감지 마세요

하나, 둘, 셋
멸치

이유상, 「가족사진」

역시 위트는 신선한 것이다. 관습적으로 '김치'라고 하는 사진사의 말을 무심코 받아 적었더라면 이 디카시는 그저 평범한 작품이 되고 말았을 것이다. 웃는 모습은 행복의 증표다. 한국인에게 '김치'라는 발음은 카메라 앞에서 웃는 표정을 만드는 데 가장 많이 쓰이는 방법이다. 가족사진은 더욱 특별한 날, 특별한 촬영임에랴. 이유상은 사람만이 우주의 중심이라 보지 않고, 가족 역시 사람에게만 가능하다고 생각하지 않는다. 모든 존재는 개별적 고유성을 존중받아야 한다. 그러므로 고양이 가족에게는 '김치'가 아니라 "멸치"다. 고양이 가족의 단란한 때를 "멸치"로 잡아놓겠다는 재치라니. 우주에서는 모두가 동등하다는 메시지라니.

디카시의 특성 중 하나는 누구나 쓰고 향유할 수 있어 접근성이 수월하다는 점이다. 낙엽 한 장, 애벌레 한 마리까지도 디카시의 소재나 주제가 될 수 있다. 그런 면에서 디카시를 쓰는 일은 일상에서 우주의 의미를 재발견하는 일이기도 하다. 그런 마음을 키우는 공부다.

이유상의 「가족사진」은 흑백이라는 점에서도 특별하다. 그동안 디카시에서 흑백사진은 지양해왔다. 그러나 2025년 현재, 한국의 디지털 예술은 첨예하게 확장되었다. 20년 역사의 디카시도 형식 면으로 본다면 이미 디지털 예술의 고전쯤에 해당한다고 볼 수 있다. 그런 만큼 디카시 개론에 바탕을 두고 다양한 시론과 창작법을 확장하는 탄력적 자세가 필요하다. 흑백도 색깔이라는 유연함의 일부일 것이므로.

나는 사람의 마음을 잘 듣기 위하여
긴 귀를 갖게 되었다
나는 사람의 마음을 잘 보기 위하여
움직이는 눈송이가 되었다

이지아, 「겨울」

토끼가 원래는 눈이었구나. 그러니까 눈은 깡충깡충 내리는 것인데 나는 펄펄 내린다고 잘못 알고 있었구나. 그래서 잘 듣지 못하고 잘 보지 못한 것일까. 지금껏 살아오면서 잘 듣지 못해 생긴 일은 얼마나 많으며, 또 잘 보지 못해 겪은 일로 얼마나 많은 상처를 얻었던가 말이다. 그러니 때로 삶이 '겨울' 같아서 숱한 날을 웅크리고 살기도 했던 것인데.

세상에서 "사람의 마음" 하나 얻는 일만큼 쉬운 일은 없는데도 그걸 모르고 시름겨워한 것이지 않은가. 잘 들어주는 일, 잘 보는 일이 곧 '마음'인데, 저 토끼는 마음 얻는 법을 스스로 알고 있으므로 겨울이 마냥 좋지 않겠는가.

마음이 푸르면
계절도 놀이가 된다

장병연, 「아이와 노는 법」

누가 가을을 나이 든 사람으로 비유했는가. 가을의 나뭇잎이 어린아이가 된 것을 보라. 저 플라타너스 잎이 나이 든 가을로 보이는가 말이다. 가오리 같기도 한 플라타너스잎 가면을 쓴 아이들에겐 나이 같은 건 보이지 않는 법. 아이디어를 내어 놀이 세상을 만들어준 "마음이 푸"른(어쩌면 몸은 노인일지도 모르는) 어떤 이가 있을 뿐이다. 함께하는 놀이 시간은 얼마나 소중한가. '아이와 노는 법'을 아는 이에게 가을이라는 계절은 더는 그냥 오는 시간이 아니며, 아쉽게 흘러가는, 지는 시간도 아니다. 아이처럼 노는 시간만 있을 뿐이다. 나이 듦이란 현상이 아니라 인식일 뿐.

디카시를 씁니다

사진에 담은 우주를 유영하며
詩詩한 날들을 보내고 있습니다

무엇일지 모를
퍼즐조각 같은 나를 엮어갑니다

전현주, 「자소서」

그렇다. 디카시를 쓰는 일은 자기소개서를 쓰는 일과 같다. 내게 무의미하고 지루하게 느껴지던 것들이 디카시를 쓰게 되면서 새로운 관점으로 보이기 시작한다. 일상에서 만나는 사물들이 제각각의 모습으로 내게 말을 걸어오고, 나는 그것들을 찍고 기록하는 재미에 빠진다. 디카시를 쓰기 전에는 세상에 존재해야 할 이유가 없는 것도 있다고 생각했으나, 디카시를 쓰게 된 후로는 그것들도 필연적인 존재 이유가 있다는 것을 알게 된다. 내가 디카시를 쓰기 위해 그것들과 수시로 만나면서 세상은 꼭 있어야 할 존재들로 이루어졌다는 것을 깨우치게 되는 것이니. 그렇지 않고서야 가령 거미줄에 걸린 누런 나뭇잎에 골몰할 이유가 있겠는가. 내가 우주의 한쪽을 복사하고 기록하는 과정에서 생기는 교감이 "퍼즐조각 같은 나를 엮어"나갈 힘을 갖게 한다. 그러니 디카시를 쓰지 않을 때와 쓰게 된 후의 '나'는 다르다. 사물을 보는 눈이 변하게 되고 관점이 변하게 되니 사유가 깊어지고 언어 운용 능력이 달라진다. 그만큼 나를 잘 그릴 수 있게 된다. 멋진 자소서는 그렇게 써진다.

똥밭에서 굴러도 이승이라는 얘기겠지
내딛는 발끝마다
툭툭
무너져 내리는 꽃잎들

조영학, 「꽃길」

외부 세계와 단절된 마을 사람들은 자급자족을 삶의 기본으로 한다. 식량을 훔친 자는 마을 구성원들에 의해 가족까지 생매장된다. 겨울에 태어난 아들은 논두렁에 버리고 여자아이는 소금과 맞바꾼다. 집안의 노인은 70세가 되면 나라야마산에 가서 죽음을 기다려야 한다. 69세의 오린은 천렵을 할 수 있을 만큼 정정하지만, 겨울이면 죽음의 산으로 가야 한다. 효심이 깊은 장남 다쓰헤이도 겨울 먹거리가 부족한 마을의 규율을 어길 엄두는 내지 못한다. 인간의 생존에 대한 본능적 원시성은 죽음과 마찬가지로 하나의 자연적 과정일 뿐임을 암시하는 영화 「나라야마 부시코」의 스토리다.

저 '꽃길' 위의 요양원은 현대판 나라야마다. 다만 생존에 대한 본능의 원시성을 벗어났을 뿐, 현대판 식량을 벌기 위해 고군분투하는 자식들은 부모를 보살필 여력이 없기 때문이다. 현대판 다쓰헤이들은 저 꽃길이 아프다.

파도의 이랑을 쓰다듬다가
더러는
바다의 늑골까지도 퍼 담던 젊은 손이었을
저 빛나는 생의 기억

최영욱, 「지문」

디카시는 시문학이자 때로 기록물이 될 수도 있다. 한 아이의 성장기, 한 사람의 생의 기록을 디카시가 할 수 있다는 말이다. 한 장의 사진이 담고 있는 메시지만으로도 가능한 일이지만, 그 기록은 의미를 생성하기보다 어떤 현장의 증거물에 국한되는 경우가 많다. 증거물에 기술이 아닌 시적 문장이 융합되었을 때, 예술적 미학을 띤 기록 작품이 된다.

디카시 「지문」의 오브제는 손이라고 여기는 것이 일반적일 수 있다. 그러나 손은 "생의 기억"을 담당해온 총체적 기록의 대상이지 단순한 지문은 아니다. "젊은 손"이 "바다의 늑골"과 "파도의 이랑"을 거치는 동안 쌓였을 공간과 시간을 지문으로 읽어야 한다. 저 그물이 어부의 한 생을 상징하는 공간이자 시간이자 지문이다.

비 온다고 울지 마라
이제 그럴 나이 아니잖아

남을 위한 눈물 한 방울
이제 그럴 나이잖아

최희순, 「다 떨어지기 전」

활짝 피었으므로 청춘이라고 할 수 있겠다. 새싹에게는 단비라고 할 수 있을 테다. 이런 이미지에 떠올리기 쉬운 흔한 비유다. 최희순은 일반적 사고를 천연덕스럽게 건너뛰어 다른 세계를 만든다. 울고 있는 튤립을 전경화했다. "비 온다고" 우는 튤립이라니. 만개한 튤립 주변으로는 아직 잎만 뾰족이 내민 튤립과 어린 잡초들이 있다. 우는 것으로 비유된 튤립 하나만 자랄 만큼 자라서 꽃까지 피었다. 최희순식으로 말하자면 어른이 되었다. 그러니까 빗방울에 꽃잎이 떨어질까 조바심이나 내고 있을 그런 나이가 아니라는 것이다. 어떻게 보이든 나이 먹을 만큼 먹은 어른이라는 의미를 내포하고 있다.

"이제 그럴 나이"란 생의 어느 지점을 말하는 것일까. 정확히 알 수는 없으나 분명한 것은 이제는 어른다운 행동을 해야 한다는 의미인 게 아닐까. 어른은 자기만 챙기지 않는 존재다. 나 이외의 존재들을 생각하고, 함께 나눌 수 있는 것을 찾고, "남을 위"해 울 줄 아는 그런 사람이 어른이다. 「다 떨어지기 전」은 "눈물 한 방울"이라도 남을 위해 흘려야지 않겠느냐는 메시지를 전한다. 남은 생은 그렇게 살아야지 않겠느냐는 의미다.

2부

마음의

행로

그는 지금 봄의 바다를 표류 중이다

탕탕탕 꽃이 지는데
가까스로 내민 오월의 붉은 손 한 잎

강영식, 「SOS」

저 "붉은 손 한 잎"은 꼭 로맹 가리 소설 『자기 앞의 생』에 나오는 열네 살 모모 같다. 모모가 사는 곳은 아랍인, 창녀들, 아프리카인, 노인 등이 사는 모질고 척박한 곳이다. 모모는 매춘부 출신 유대인인 로자 아줌마가 맡아 키우는 창녀의 아이들과 함께 산다. 이보다 더 피폐한 삶이 있을까 싶은 환경에서 모모는 '사람은 사랑할 사람 없이는 살 수 없다'는 것을 배워나간다.

잘린 나무의 삶을 제외하고는 만화방창한 봄이다. 꽃이 피고 잎이 나고 꽃이 지는 왕성한 생명들 사이에서 댕강 잘린 나무의 밑동만 거칠다. 법적으로 아이를 키울 수 없는 매춘부들이 자신의 아이를 숨겨 키우듯 더는 잎을 틔울 수 없는 나무도 죽음의 비명 속에서 몰래 어린잎을 밀어낸다.

딱히 그럴 맘도 아니면서
나는 자꾸 모로 누웠다
엄마의 눈물이 슬프게 피어났다

고경숙, 「사춘기」

'삐딱하다'라는 푯말은 사춘기 아이에게 붙여줘야 한다. 조마조마하지만 그래도 아이니까 조금은 귀엽고 사랑스러운 눈으로 이해하게 될 것이다. 어른이 '삐딱하다'라는 팻말을 들고 있다면 어떨까. 금세 눈살이 찌푸려지고 마음이 불편해지고 말 것이다. 사춘기를 '겉멋'과 '성장'으로 이해한다면, 어른의 그것은 '심통'밖에 더 있겠는가. 인생에서 누구나 한 번 용납되는 '삐딱', 그건 사춘기의 특권이다.

그래도, 그렇다 쳐도, 그럼에도, 딸아, 아들아, 엄마가 좀 울기는 했구나. 저 항아리 같은 눈물샘을 보아라. 꽃은 그냥 피는 것이 아니더구나.

흰 수의 밖으로 얼굴을 내놓은 초로의 주검
딱히 응혈 진 암흑이 있어
벌떡 일어나 천둥 칠 것 같지는 않다

꽃상여에 넌 단 한 줄 적멸의 문장, 애 터지게
느리고 길다

고진하, 「적멸의 문장」

망자는 흰 천 한 벌 두르고 대나무로 짠 관대의 상여를 타고 간다. 붉은색 계열의 천이 아닌 것으로 보아 "초로의 주검"은 남자다. 누구나처럼 한 생을 버겁게 살아낸 흔적들이 잠과 함께 누웠을 것이다. 그런데도 "응혈 진 암흑" 같은 표정도, 죽음을 억울해할 것 같지도 않아 보인다니 이보다 편안한 죽음은 없다.

바다 유목민 바자우족은 한평생을 바다에서 살다 죽어서야 생애 어느 때보다 화려한 복장을 하고 육지에 묻힌다는데, 사진 속의 망자는 갠지스강의 물로 입을 적시고 전신을 정화한 후 노천 화장장을 거쳐 한 줌의 재가 되어 강으로 갈 것이다. 살아생전 순간순간의 환희와 끊이지 않았을 너절한 애환들을 지상의 가장 간소한 행장과 생애 가장 짧은 문장으로 꾸렸다. 죽음의 문장이 짧은 만큼 "애 터지게 느리고 길" 수밖에 없다.

나무가
벗어 놓으면
한번 입어볼까
하염없이
바라만 보던

김영빈, 「꽃, 사슴」

대조적인 것들은 대체로 어느 한쪽이 비애에 젖거나 애잔한 경우가 많다. 식물과 동물 자체가 비애나 애잔함을 띠는 대조일 수는 없지만, 봄날의 한 시공간에 있는 저 벚꽃과 사슴은 대조적이다. 본연대로라면 꽃과 사슴이든 벚꽃과 꽃사슴이든 미적 조화가 선행하기 마련 아닌가. 더욱이 만물이 소생하는 봄날 무엇인들 아름답지 않을까. 하지만 만물이 소생하는 봄날이라서 저 두 이미지는 대조적이다. 혹한의 겨울을 건너온 어린 사슴의 몸에 궁기가 바짝 들었다. 털갈이까지 하는 중인데 하필 난분분 만개한 벚꽃 군락에 홀로 있다니.

그러나 사슴 또한 새봄을 맞는 중이므로 외모는 곧 윤기 흐르겠다. 그런데도 벚꽃 만개한 방향을 "하염없이/ 바라만 보던" 사슴의 행동에서 배어나오는 애잔함이라니. 사슴아, "나무가/ 벗어 놓"은 옷이 아니어도 너도 지금 새 옷으로 갈아입는 중이란다.

무화과가 꽃은 안으로 피운다고
덜 뜨겁게 느꼈다면

내 생은
겉이 파란 멍든 시절을 보냈을 뿐이다

김옥종, 「무화과」

'내' 젊은 시절의 삶은 세계와의 끊임없는 마찰이었다. 마찰의 정도는 작은 방황이나 갈등이 아니라 멍이 들 정도의 부대낌이었다. 따라서 "겉이 파란 멍든 시절"은 '청춘(靑春)'의 '푸른' 의미와 동색이 아니며, 동의어도 아니다. 김옥종 시인은 "겉이 파란" 세월의 시간성과 "멍든 시절"이란 삶의 부침을 부각함으로써 고군분투하고 뜨겁게 살아낸 생임을 강조한다.

반대로 무화과꽃이 겉으로 드러나지 않았다고 하여 꽃을 피우지 않은 것은 아니다. 정열적이지 않은 것도 아니다. 무화과는 꽃이 뜨겁게 피고 진 후에 열린 푸른 과일이다. 내 생의 "멍든 시절"처럼 꽃 또한 내면의 뜨거움으로 넘쳤다는 결과다. 그러니, 무화과나 내 생의 '푸름'은 그냥 얻어진 것이 아니라는 말이기도 하다. 생명이라는 것에는 어떤 이면이 있기 마련, 겉만 보고 판단하지 말라는 말이겠다.

　　사랑이 영원할 것처럼 사랑하기.
　　그러나 언젠가 그 붉은 사랑도 꽃처럼 지는
것임을 알아야
　　영원은 영원으로서 효과를 나타낸다.
　　달이 밤 구름의 효과이듯
　　사랑도 흐릿한 시간의 효과인 것을.

노태맹, 「숨은 달」

이제 막 사랑을 시작했거나 얼마 지나지 않은 지상의 모든 연인은 하나같이 똑같은 생각을 한다. "사랑이 영원할 것"이라는 믿음이다. 열정적인 믿음이다. 세상의 많은 사랑이 기막힌 이별을 할 때도 내 사랑만은 변함없으리라 굳세게 확신한다.

그러나 연인들이여, 사랑은 움직인다. 열정적인 사랑의 유효 기간은 900일. 3년이 채 되지 않아 당신에게서 생성되는 호르몬이 당신 사랑의 믿음을 혈류처럼 움직이게 한다.

그러므로 "사랑도 꽃처럼 지는" 때가 있기 마련이라는 것을 인지해야 한다. 말로 이루어진 믿음, 행동 없는 사랑의 확신이야말로 얼마나 불안정한 것인가. 사랑은 보름달처럼 확실한 것이 아니라는 말이다. 그저 "흐릿한 시간의 효과"라는 것인데, 우리는 왜, 보름달이 아니라 숨은 달에 더 가슴 설레는가 말이다.

별이 된 그녀

누웠던 머리맡에
족두리만 놓여있다

박미경, 「어무이」

한 사람이 일생을 어머니라는 이름으로 살고 어머니라는 이름으로만 남게 된다는 것은 분명 슬픔이다. 어머니란 이름에는 인내와 헌신, 고생 말고는 다른 의미가 끼어들지 못하는 경우가 많아서일 것이다. 박미경은 그 상황을 뛰어넘었다. 어머니의 묵정밭이었든, 무덤가였든 어머니가 앉았다 간 자리에 하필 "족두리"가 남았다. 어머니의 생에서 가장 아름다웠을 한때를 상징하는 족두리라니. 박미경은 어머니에게 새로운 생을 부여했다.

무엇을 해야 할지
기억나지 않아
넋 놓고 있습니다

혹시
봄이 왔습니까?

박해경, 「기억상실증」

우리의 생각은 어떤 급박한 상황에 직면했을 때 활달해진다. 가령 '급박'이라는 상황은 이런 것이다. 낯선 소읍에서 귀가 버스를 탔는데 손님이 덜렁 나 혼자일 때다. 구불구불 산 중턱을 오르내리고 인가의 불빛이 보이지 않는 길을 달릴 때, 그때 우리는 경우의 수란 수는 다 끌어다 위험 상황을 상상하는 것이다. 또는 원고 마감이 촉박해졌을 때도 생각의 꼬리는 퍼득퍼득 활개가 된다. 구체적인 주제는 잡히지 않으면서 수많은 소재가 연못을 노니는 물고기처럼 어른거리는 것이다.

시인은 생각이 레게 머리카락같이 꼬인 상황을 용케 포착했다. 엉킨 노끈 뭉텅이 같기도 하고 뒤죽박죽 뒤섞인 랜선 같기도 한 저 생각이라는 상황을 시인의 눈으로 가시화하다니. 위에서 언급한 급박한 상황 같기도 하고 아닌 것 같기도 한 "넋 놓고 있"는 저 상황을 가시화하다니. "혹시/ 봄이 왔습니까?"라는 물음에 답을 듣고 난 후, 시 속의 화자는 얼마나 다급해질까. 지금은 봄 하고도 5월이 가까워지고 있으니 말이다. 이때 우리라면 어떤 생각이 난무하게 될까.

담벼락에 옹기종기 볕을 쬐고 있는 저 백발노인들
그 누구도 그립다 말 못 하고

먼 하늘만 보고 또 보고

벼리영, 「요양원」

박경리 작가는 시 「옛날의 그 집」에서 이렇게 말한다. '모진 세월 가고 아아 편안하다 늙어서 이리 편안한 것을 버리고 갈 것만 남아서 참 홀가분하다'라고. 또 「천성」에서는 '감정도 탄력도 느슨해져서 (…) 외로움에도 이력이 나서 견딜 만하다'라고 한다. 그렇다. 박경리 선생처럼 견딜 만하면 되는 것인데, '요양원'의 저 노인들은 결코 견딜 만하지 않거나 견딜 수가 없다. 모진 세월과 늙음까지는 견딜 수 있다손 치더라도 버려지지 않는 것이 있다. '그리움'이다. 늙을수록 그리움이 자란다. 늙는다는 것이 슬픈 일이라면 그것은 아마도 늙을수록 커지는 그리움의 농도 때문일 것이다. 주마등같이 스치는 젊은 날, 보고 싶은 자식들, 지나간 어느 것 하나 생각나지 않는 것이 없기 때문일 것이다.

저 붉은 행간에는 집이 한 채,
사람이 들어 살던 곳
새끼를 낳고 밥을 끓이고
더러는 슬픔도 있었겠지만
지금은 화인처럼 사라진 흔적

손현숙, 「행간」

가운데 중(中) 자 같기도 한 저것이 집 한 채구나. 모서리 떨어져 나간 용(用) 자 같기도 한 저것이 집 한 채구나. 신(申) 자 같기도 한 저것이 집 한 채구나. 도대체 경이로운 시인의 눈에 반하지 않을 재간이 없다. 불 속의 "붉은 행간"을 읽어내는 시인, 여느 사람이라면 알아보지 못하고 놓쳐버렸을 불꽃을, 그저 불꽃으로만 바라보았을 그 순간을 포착해내는 시인이라니. 거기 사람들이 살았을 집이라니, 사람이 먹고사는 일과 감정이 체취처럼 남아 있는 집 한 채의 흔적을 찾아내는 일이라니. 시인이 아니면 할 수 없는 일. "저 붉은 행간에는 집이 한 채"라니. 문장으로 머리통 한 대를 맞은 기분이라니.

아무리 슬쩍 스쳐갔어도
그리움은 흔적을 남긴다
가슴 속에 패인 돌발자국

이대흠, 「또, 그리움이 다녀갔다」

마사코를 만난 건 1938년, 그의 나이 22살이었다. 그는 한국으로 건너온 마사코와 1945년 결혼했다. 1952년 마사코 이남덕이 아들 둘을 데리고 일본으로 돌아갔다. 1953년 도쿄로 간 그는 가족들과 겨우 일주일간 지내다 혼자 돌아왔다. 1956년 그가 죽었다. 40살이었다. 그는 마사코 이남덕과 처음 만나기 시작했을 때부터 편지로 사랑을 전했다. 가족과 떨어진 후로는 더 그리움을 담아 일본의 아내에게 편지를 쓰고 가족 그림을 그리다 죽어갔다. 일주일간 도쿄에 다녀온 후 그의 삶은 더 피폐해졌다. 정신병동에 든 그는 밤이면 아내의 음성과 아이들의 음성을 변조해가며 일인극을 했다. 그림 「흰 소」의 화가 이중섭의 삶 이야기다.

그리움은 인간의 존재 증명이다. 슬픈 증명인 셈이다. '그리움을 아는 자만이/ 내 가슴의 슬픔을 알리라'는 괴테의 시처럼, 시인은 필경 그리움의 형식을 통달해버린 게 틀림없다.

수많은 사연이 박제되었다

언 손 쩍쩍 달라붙던 기억은
바람에 흩어진 지 오래

그저 둥글게 받아들일 뿐

이상미, 「들여다보기」

영화 「그대를 사랑합니다」에서 새벽 우유 배달을 하는 노인 김만석은 폐지 줍는 노인 송 씨와 사랑하게 된다. 77세의 죽음을 호상이라고 말하는 영화 속 등장인물들은 인생 말년을 맞고 있다. 송 씨는 죽음이 서로를 갈라놓을 것을 두려워한 나머지 이별을 고하고 고향으로 내려간다. 남겨진 김만석은 '익숙해질 거야. 산다는 게 익숙해지는 일이잖냐'라고 손녀에게 말한다.

그들은 수많은 사연이 박제된 시간의 어느 지점에서 만났으므로 박제된 사연까지 포용하고 애틋하게 여긴다. 각자의 삶을 들여다보고 "둥글게 받아들일" 수 있으므로 서로에 대하여 더없이 순수하다. 그렇다. 누군가의 한 생을 저 문고리는 온전히 새기고 있을 것 아닌가. 송 씨의 간난신고한 삶도 저 문고리는 기억하고 있을 테지만 그저 둥글 듯이.

아프리카 초원의
잃어버린 전설을 생각하는
사슴보다 더 슬픈 모가지

이상옥, 「노천명의 데칼코마니」

노천명의 시 「사슴」 후반부의 시적 의미는 이렇다. 사슴은 물속의 제 그림자를 들여다보다가 잃었던 전설을 생각해내고는 밀려오는 향수에 슬픈 모가지를 하고 먼 데 산을 바라본다. 이 사슴을 노천명은 '모가지가 길어서 슬픈 짐승'이라고 했다. 이 문장을 떠올릴 때면, 우리는 으레 노천명의 「사슴」을 연상하고 반대로 '사슴'을 생각할 때도 이와 마찬가지가 되었다. 곧 노천명 때문에 사슴은 슬픔과 등가가 된다. 시인의 언어가 힘이 센 것은 바로 이 때문이다. 이질적인 것들을 합쳐 익숙한 이미지로 일반화하는 능력이라 할 수 있다.

「노천명의 데칼코마니」는 사슴 대신 기린을 차용하여 사슴=슬픔이란 일반적 이미지를 약화한다. 기린이 "사슴보다 더 슬픈 모가지"를 가지고 있다는 것인데, 사슴이 물속의 환영을 통해 슬픔을 인지한 것이라면, 기린은 데칼코마니라는 복사 방식으로 우연이나 비합리적 표현의 무의식적 슬픔을 인지하고 있기 때문이다.

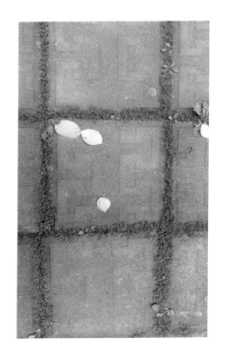

저는 둥근 방을 좋아하지만
아이들까지 온다기에 꾸며봤어요.
우리 사랑, 더 샾.

이정록, 「당신이 오신다기에」

내가 지금 혹시 무엇을 잃어버리고 있는 것은 아닌가. 불쑥 생각할 때가 있다. 상대에게 전화하기 전까지 인지하지 못하는 일도 있다. 어쩌다 안부 전화를 하는 이나 전화를 받는 이도 대화를 멈추려 하지 않는다. 쉬이 끊으려 하지 않는다는 것을 통화를 마치고 나서야 안다. 거기엔 그립다, 외롭다, 라고 하는 말은 한마디도 없다. 그 녘과 이 녘의 거리 두기를 그새 일상 생활방식처럼 여긴 탓이다. 하지 않고도 살수 있는 것이 아니라, 잊고 산 것이 아니라, 잃어버려서 못하게 된 사람의 일이라 의식보다 먼저 정이 앞선다.

환한 창문 밖으로 흘러나오는 가족의 웃음소리, 웅성웅성 재잘재잘 시끌벅적한 말소리를 듣지 못하는 명절을 맞는다. 시인의 시처럼 '당신이 오신다기에' 방을 꾸미고 조부모, 부모, 자식, 손주들까지, 큰집 작은집 식구들, 함께하지 못하고 쇠는 명절이다. 하지만 "우리 사랑, 더 샆"은 사라지지 않았으니 또 견딜 일이다. 좋은 날에 더한 즐거움, 사랑을 위해서.

가난이란 최고의 재산을 선물로 주신
그리운 나의 하느님
적당한 갈망 …
지나친 낙관 ………

이지상, 「어머니」

엄마라는 이름은 신의 또 다른 호칭이라는 생각을 한 적이 있다. 신을 대신하여 일생 불완전한 한 사람, 한 사람을 살피고 사랑하라는 임무를 진 존재가 어머니일 것이다. 물론 에스트로겐과 프로게스테론, 옥시토신 같은 호르몬이 모성을 결정짓기에 지상의 모든 어머니가 신 같은 사랑을 베풀지는 않는다. 그렇지만 어머니는 대부분 자녀에게, 나에게 무조건 사랑을 베푸는 유일한 나의 하느님이다.

가난을 물려줬다 할지라도 나를 향한 어머니의 사랑은 가난하지 않았다. 최고의 선물만큼 안타깝도록 사랑했을 터이다. 그 사랑은 훼손되지 않은 내 유년의 시간을 만들기에 충분했다. 그 힘으로 갈망도 하고 낙관도 할 수 있게 된 것이니.

나는 조금 늦게 출발하였다.
출발의 총소리도
도착의 함성도 없지만
그래도 나는 달린다.

이청아, 「만학도」

젊어서 하는 연애와 나이 먹고 하는 공부는 유사점이 있다. 열정을 쏟아야 하고, 돈을 쓰며, 시간을 투자해야 하고, 둘 다 어렵다. 나이 먹어 알게 되는 일이지만 연애는 허무하게 사라지는 반면, 공부는 내가 노력한 만큼 온전히 남는다. 연애는 배신하기도 하지만, 공부는 절대 배신하지 않는다. 만약, 하고자 했던 공부를 지금도 시작하지 않은 상태라면 어떨까. 그것은 분명 지금보다 더 늦는다는 의미가 된다. 그러니까 "조금 늦게"라도 출발했다는 말은 그만큼 출발이 빨랐다는 뜻이기도 하다. 인생에 남는 농사를 짓기 시작했다는 의미다. '타인과 달라지겠다는 용기'가 나를 진정한 나로 존재하게 만든 것이다. "출발의 총소리도 / 도착의 함성도 없"으면 어떠하랴. 중요한 것은 "나는 달"리고 있다는 데 있다.

가자,
몇 번이고 덥혀 논 식탁 위의 찌개가 더 식기 전에
집에 가자, 제 아무리 빨라도 뒤처지기 마련이어서
여전히 머뭇거리고 있는 사랑의 고백이 더 늦기
전에

임동확, 「귀가」

베트남에서 우리 일행은 하노이 시내를 구경 중이었다. 오후 5시경이 되자 사람들이 거리로 쏟아져 나왔다. 오토바이를 탄 사람들이 사거리를 썰물처럼 빠져나가면 신호가 바뀌기도 전에 또 어디선가 밀물처럼 오고는 했다. 원피스에 통굽 구두를 신고 오토바이를 탄 아가씨, 가게에서 연밥을 사 들고 오토바이를 몰고 가는 엄마, 학교 앞 아이를 데리러 온 부모들의 오토바이까지 거리는 삽시간에 오토바이 엔진 소리와 매연으로 메워졌다. 신기한 일은 차량과 오토바이들이 아슬아슬하게도 부딪치지 않고 잘 지나간다는 점이었다. 오토바이가 전체 등록 차량의 80%를 넘는다는 베트남, 1인 1오토바이를 가졌다고 할 만큼 오토바이가 국가 상징인 곳 사람들의 귀가 풍경을 얼결에 보게 되었다.

한국에서 저 저녁 어스름 녘의 한산한 길을 달려 귀가하는 일도 새삼 위안이 되는 것인데, 늦은 귀가를 하는 시적 화자의 정서보다 베트남 사람들의 귀가 풍경을 보고 온 읽는 이의 정서가 이입되어서다.

좌악좌악 좌악좌악
지상으로 하염없이 내리쏟아지는
빗줄기 듣고, 보고 있다
가늘게 나누어지는 시원한 시간
끝없이 떨어져 흘러간다

조현석, 「시간의 길이」

그렇다. 시간은 볼 수 있고 들을 수 있어야 한다. 암탉의 품에서 자라는 병아리의 시간, 밤 무논에서 들리는 개구리들의 떼창, 6월에서 7월로 가는 녹음, 모두 시간의 모습이다. 일정한 시간이 그것들을 키운다. '길이'가 된다.

그러나 보고 들을 수 있는 것을 길이라 했지만, 잡을 수는 없다. 흘러가버린다. 시인은 저 빗줄기를 보면서 무엇을 감각하고 싶었을까. 시인의 삶은 어디까지 흘러간 것일까. 중년? 장년? 어디서부터 삶의 길이를 놓치고 빗줄기에 붙들렸을까. 병아리는 커서 닭이 되고 개구리의 떼창은 그칠 때가 오겠지만, 한때의 삶이 보이지 않는 곳, 잡을 수 없는 곳으로 가버렸음이니. 모두는 그것을 일러 젊음이라 한다 했다.

손을 더듬을 수 없어 눈을 더듬어 읽는다

촉. 촉. 한. 행. 간. 사. 이. 둥근 씨앗을 품은,

눈을 감으면 읽을 수 없는, 봄이 온다는 點字

채종국, 「점자點字」

만질 수 없는 것들, 보이지 않는 것들은 더듬어야만 한다. 달팽이처럼 느릿느릿 조심조심 더듬는 것이야말로 정확함을 아는 데 가장 빠른 방법이 된다. 봄이 오는 과정만 해도 그렇다. 햇볕에 반짝 보이는 봄인가 싶으면 이내 꽃샘추위가 봄을 숨기고 만다. 사람의 방식으로는 기다리는 일 말고는 속수무책이다. 그러니 봄이 어디쯤 얼마나 왔는지를 보기 위해서는 "촉. 촉. 한. 행. 간. 사. 이."를 더듬더듬 육화해야 한다. 둥근 물방울이 품은 봄, "둥근 씨앗을 품은" 봄, 둥근 점자가 말하는 봄의 소식을 만질 수 있으니 말이다. 다만, 봄의 점자는 감지 않은 눈으로 더듬어 읽어야 하는 법이다. 당신에게 봄은 그렇게 왔다.

헤어짐이 아쉬운 마지막 화장

안녕. 잊지마세요

최성봉, 「엽서」

시간은 균등하지 않다. 사람에 따라 다르게 주어진다. 어른이 되기를 고대하던 청소년기를 생각해보라. 일생 중 시간이 참 더디 간다고 여기던 유일한 때였을지 모른다. 신체적으로 어른 모습을 갖추었는데도 세상이 어른으로 대우해주지 않아 은근히 불만이던 때라니. 얼마나 풋풋한 시간이었는가.

언제부턴가 초록이 휙휙 지나가는 자리에 가을이 슬금슬금 들어찬다 싶더니 이내 또 꽁무니를 뺀다. 앉았다 일어서면 하루가 바뀌는 듯하고 누웠다 일어나면 계절이 바뀌는 듯 시간은 화살같이 날아간다. 우리는 그 화살 같은 것들과 매일 이별하며 사는 셈이다. 하루하루가 처음이자 마지막이다. 하이데거 말대로 우리가 확신할 수 있는 것은 이별(죽음)이다. 그러므로 오늘을 마지막인 것처럼 살아야 할 일이다. 11월에 당도한 '엽서'의 "마지막 화장"처럼.

3부 산 시인의 사회

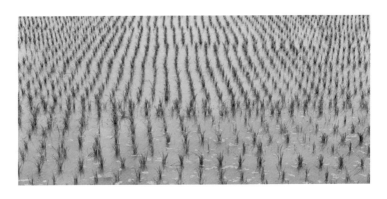

한식당 간판도, 아파트 이름도
외래어로 개명하는 시대

세종대왕 근심 크실까
논바닥에 ㄱ, ㄴ, ㄷ, ㄹ…

김경언, 「훈민정음」

세계적인 학습 앱으로 약 5억 명의 사용자를 보유하고 있는 듀오링고에 의하면 2022년 다운로드한 언어앱 중 8위인 중국어를 제치고 한국어가 7위를 차지했다고 한다. 또 인도의 자와할랄 네루대학교 한국어과에서는 2022년 가을학기에 30명 정원의 수천 배가 넘는 10만 명의 지원자가 몰렸다는 소식도 있다. 프랑스에서는 관광객이 많이 이용하는 지하철 1호선 내 몇 구간에 '관광객을 대상으로 소매치기가 많으니 각별히 조심하시기 바랍니다'라고 한국어 안내 방송을 한다. 파리의 대학 중에 한국어과 지원자는 어디는 20대 1, 어디는 35대 1의 경쟁률을 보였다고 한다.

한편 OECD에서 10년 주기로 실시하는 국제성인역량조사(PIAAC)의 가장 최신판은 2022~23년에 31개국 성인 16~65세를 대상으로 진행했는데, 여기서 한국의 성인 언어능력은 500점 만점 기준 249점으로 OECD 평균인 260점보다 한참 아래로 나왔다. 언어능력은 11점 낮고, 그 외 수리능력 10점, 문제해결능력 13점 등 각 영역에서 평균보다 낮은 결과였다.

한글을 창제한 세종대왕이 살아 계신다면 어떤 생각을 하실까. 이를 대하는 시인의 심사도 불편하다. 한식 전문점조차 외래어 간판을 내건 현실이라니. 우리의 주식인 쌀과 모어인 한국어의 비유도 산뜻하지만, 논에 심긴 어린 모들에서 찾은 훈민정음. 저 모판에서 만들어지지 않는 한글은 없지 않은가.

삼백예순닷새 동안
아침은 오지 않았고

핏빛 분노만 간절하다

김경화, 「이태원 거리의 기도」

일상화된 위험을 내포한 사회를 위험사회라고 한다. 사회의 위험 요소는 아이러니하게도 후진국보다 과학기술과 산업이 발달한 선진국에서 증가한다. 이 문제의 심각성은 그것이 예외적 위험이 아니라 일상적 위험이라는 데 있으며, 국가나 사회가 해결하지 못하고 개인이 해결해야 할 위험으로 전환된다는 점이다. 삼풍백화점 참사, 성수대교 참사, 세월호 참사, 이태원 참사 등은 사회 시스템이나 국가 시스템이 제대로 작동하지 못한 데서 일어난 비극이다. 제도가 존재하지 않아서가 아니라 제대로 작동하지 못해서 생긴 참사인 것이다. 우리 사회 어디에나 있는 위험 요소를 줄이기 위해서는 사회 구석구석 잘 정비가 되어 있어야 하는데, 그렇지 못한 결과 개인의 희생과 유가족의 고통만 남았다.

이태원 참사도 2년이 지났다. 유가족에게는 그날 밤 이후 아침이 오지 않는다. 동트는 저 붉은 기운이 유가족의 핏발선 눈으로 보이는 이유이기도 하다.

식구들이 기다리고 있다고
이제 그만 불 끄고 집에 가자고
가로등 먼저 나와
발걸음 종종대며 재촉하고 있다

김남규, 「긴 하루」

사위는 이미 어두워진 지 오래인데도 환한 건물은 어둠 속에 행성처럼 떠 있다. 일하는 한국의 일상 모습이다. '사람은 바빠야 해. 바쁘면 잘살고 있다는 거야'라는 말이 우리 사회의 덕담이고 미덕이던 시절이 있었다. 과연 그런가. 2022년 기준 연간 1,901시간 노동하는 한국인에 비해 같은 조사에 참가한 OECD 국가 30개국의 평균 노동시간은 1,752시간에 지나지 않는다. 2022년을 기준으로 한국은 OECD 국가들 중 평균 노동시간 세계 5위국이다. 얼마나 더 일해야 잘사는 것일까. 잘사는 게 무엇일까.

이 작품은 「긴 하루」라는 제목에서 지금 우리의 노동 현실을 적나라하게 드러낸다. 행복이 별것이었나. 해 뜨면 밭에 나가 일하고 해 지면 집으로 돌아와 따뜻한 등불 아래 식구들과 오순도순 이야기하며 하루를 마감하는 일 아니었는가. 그런 행복은 어디로 가고, 이제 "가로등"이 "발걸음 종종대며" 집에 가라고 재촉한다.

잘못 든 길보다 위험하다.
넘느냐 마느냐,
이런 식의 갈등 끝에
사마귀는 간단히 '마귀'가 된다.

김유석, 「범법구역」

나와 나를 둘러싼 환경이 생(生)하도록 하는 일이 삶이며, 그러한 방향으로 살기 위하여 천·지 간의 기운을 살피고 학습하는 일이 사람이 가야 할 본래의 길이다. '존재한다'라는 것은 이렇게 선의 잠재력을 키우는 일, 선을 생의 전경으로 가시화하는 노력이 주가 될 때를 말한다. 이런 점에서 악을 양산하는 존재는 비본래적 존재거나 아니면 비존재다.

그렇게 본다면 마귀나 악마도 처음부터 존재한 것이 아니다. 악(惡)은 '살아가는 과정'에서 선(善)의 자리에 들어오지 말아야 할 것이 들어올 때 만들어진다. 저 사마귀도, 연쇄 살인범 누구누구도, 정치인 누구누구도 "넘느냐 마느냐" 헤매다가 넘어서는 안 될 경계를 넘을 때 "마귀"가 된다.

치열했을 당신의 시간들
이제는
천천히 걸어도 된다

김정희, 「You're 독존」

디카시는 생활에서 나온다. 삶의 문학이다. 김정희는 삶의 반경 안으로 들어온 존재에 대하여 천착하고 관계를 숙고한다. 사유는 깊되 정서는 경쾌하고 언술에는 비장미와 아이러니가 가득하다.

내 위에 존재 없고 내 아래 존재 없으므로 나보다 존귀한 사람은 없다는 의미의 유아독존을 양손에 목발 짚고 사거리 8차선 건널목을 건너는 사람에 등치하고 있다. 내[唯我]가 아닌 "당신"='You'만큼 세상에 존귀한 사람은 없다는 의미다. 당신의 세상이므로 자동차들 눈치 볼 것 없이 천천히 걸어도 된다는 말이다. 울컥할 만큼 따뜻한 응원과 지지가 아닌가.

정상까지 올라가 보니
흙 묻히며 굴러다닌 세상사가
하찮고 시시해 보이지

김청미, 「그만 내려와」

「그만 내려와」를 읽으며 어르신을 지칭하거나 왕자를 존대하여 부르던 말인 '나리'를 떠올린다. 그 나리는 처음부터 나리였던 것이 아니라, 언제부턴가 권세가 있고 지체가 높아진 것으로 보인다. 그 나리는 애초에 어르신다운 품과 자질을 갖추지 않은, 혹은 못한 사람으로 외형만 나리꽃 같은 모습을 하고 갖은 행세를 하는 상황이다. 그런 사람을 향해 시인은 단호히 말한다. '그만 내려와'.

연두가 참 예쁘다
연두, 연두, 입술을 모아 부르니
으름덩굴 꽃그늘 아래
초록이 쫑긋 고개를 내민다

별이 된 아이들이 내려와 꽃이 되었다

나종영, 「연두」

남자아이 여자아이 할 것 없이 편을 갈라 간첩 놀이를 했다. 빨치산이 된 팀은 어떻게든 잘 숨어 오래도록 잡히지 않아야 했고, 국군 팀은 샅샅이 뒤져 찾아낸 후 적의 가슴을 향해 탕탕 총을 쏘는 것으로 승부를 냈다. 장난감도 드문 시절이었으니 탕탕탕 입으로 소리를 내는 입총이었던 셈이다. 해가 저물도록 마을 구석구석을 더투고 다녔으며 뒷산 찔레덩굴이나 으름덩굴 사이로 숨어들기도 했다. 숨어 있는 동안 찔레순을 따먹거나 똬리 틀고 있는 뱀을 만나 기겁하여 뛰쳐나오기도 했지. 그때 저 연두들처럼 우리도 '참 예쁜' 연두였다.

"별이 된 아이들이" 그곳에서도 우리 어렸을 때처럼 저 연두들을 온종일 헤집고 다니며 행복했으면 좋겠다.

세상은 대선으로 뜨겁다
말 장사하는 분들

국민 위해 봉사할
사람 앉으라 하니

슬금 슬금 모두 사라졌다

명순녀, 「정치판」

선거 때가 되면 뉴스는 종종 웃음거리를 보여준다. 아무개 정치인, 모 정치인 등등 정치 후보자들이 시장통에 나타나서는 어색하고 우스꽝스러운 행동을 한다. 그동안엔 입도 대지 않았던 어묵이나 떡볶이를 먹으며 인증사진에 열중하는 모습은 가관이다. 어느 때는 생시금치 다발을 들고 냄새를 맡거나, 생감자 냄새를 맡는 등 우스꽝스런 모습이 올라오기도 한다. 그런 코스프레에는 대중과 소통하는 정치인, 서민과 소통하는 정치인, 대중 친화적인 정치인이라는 메시지를 담고자 하는 의미가 있겠지만, 대중은 웃음거리로밖에 보지 않는다. 시대는 급변하여 디지털과 온라인, AI의 시대인데 정치인들은 아직도 시장 탐방하며 서민 음식 먹어보기, 농가에서 막걸리 마시기 같은 코스프레로 1960년대, 70년대에나 반향을 일으켰을 구식 방법을 사용한다. 지금은 2025년이다.

　　명순녀 시인은 정치하는 이들을 일러 "말 장사하는 분들"이라고 한다. 한 사람의 유권자라도 정치인에 대한 인식이 어떠한가를 새길 필요가 있다. 국민이 원하는 정치인은 "국민 위해 봉사할/ 사람 앉"는 저 의자에 기꺼이 앉는 사람이다. 국민은 그런 정치인이 간절한 것이다.

마침내 입사 통지서 받고
기대 가득한 첫 출근
푸드득 가뿐한 발걸음

세상이 발아래 펼쳐진다

문임순, 「사회 초년생」

인간에게 주어진 여러 축복 중 하나는 '시간'일 것이다. 인간에게 시간은 유한한 것이어서 아쉬운 점도 있지만, 모든 생명에게 시간이 똑같이 흐른다는 점에서는 공평하다. 시간엔 계급이 존재하지 않는다. 그런 시간이 우리 모두에게 봄을 데려왔다. 농부는 한 해 농사 준비로 밭갈이를 한다. 까치들도 빈 둥지를 찾아 보수하느라 날갯짓이 분주하다.

이렇듯 뭇 생명이 새로 맞이하는 새날에 사회생활을 시작하는 생의 어느 초년생은 얼마나 축복인가. 까치가 새날, 새 삶을 준비하기 위해 둥지를 박차고 날아올라 힘차게 날아가듯 한 발 한 발 떼는 "첫 출근"의 첫 발걸음은 얼마나 가뿐할 것인가. 새로운 일에 대한 두려움도 없지 않을 것이지만, '희망'은 그 두려움 따위를 너끈하게 품어 안는다. 희망은 힘이 세다는 것을 증명하는 일이기도 하다. 소망 한 가지, 이 땅의 젊은이들에게도 저 까치의 희망 같은 것이 생기기를.

개팔자가 상팔자라는 말은 한물간 듯
언제쯤 개 같이 돌아다닐 수 있을까
개보다 못한 인간들 마구 짖어대는 곳에서
개처럼 살기가 이리도 힘들다니

문현미, 「독백」

개[犬]가 사람이나 한다는 '견성(見性)'을 한 게 분명하다. 모든 망념과 미혹을 버리고 자성(自性)을 깨달아 세상을 들여다보고 있으니 말이다. 본시 사람의 인(仁)이란 성(性)이며, 성이란 태어날 때부터 갖고 있는 마음으로, 나와 남을 동시에 살리려는 의지다. 그런데 개의 눈에 사람이 갖고 있다는 인성과는 거리가 먼 인간이 보이는 것이다. 정의와 공정을 이현령비현령으로 만드는 권력가도 있다. 시간강사의 서류는 자격이 아니라 형식이라고 말하기도 한다. 대한민국의 시간강사에게는 모욕적인 일이 아닐 수 없다. 온갖 경력을 위조하여 대학 강사 자리를 얻은 이 때문에 힘들게 공부한 어느 누구는 강의 자리를 잃었을 터이다.

"언제쯤 개 같이 돌아다닐 수 있을까"라고 견공이 한탄할 때, 언제쯤 나 같은 시간강사도 그들의 눈으로부터 모욕감을 벗을 수 있을까, 라고 한탄한다. "개보다 못한 인간들 마구 짖어대는 곳"이 아니라, 성(性)을 가진 사람들이 구성원인 사회가 그립다.

누가 예감이나 했을까. 개가 사람 때문에 속 썩는 시대라니. 아, 사람보다 위인 것 같은 저 개에게 오빠라고 부를까. 우리 집에 제일 먼저 식사 초대하겠다고 할까.

꽃잎이 떨어지는 봄비 내리는 날

스산한 날씨에 움츠려지는 몸
따뜻한 우산에 펴지는 마음

고맙습니다.
고양이에게 우산 건넨 따뜻한 그대

박수아, 「봄비」

「봄비」를 읽으면서 따뜻함의 상대어는 서늘함이 아니라 소외라고 해석한다. 소외는 개인이, 자신이 소속된 사회와 멀리 떨어져 있는 상태를 넘어 어떤 집단이나 사회문화에도 소속되거나 합류하지 못할 때 일어난다. 사회로부터 대상화되는 일이 인간에게만 일어나는 것은 아니다. 먹이활동을 제외한 시간에는 안전한 곳에 몸을 숨기고 살아가는 야생 고양이와 달리 인간의 주변을 근거지로 삼아 어슬렁거리는 것들은 대체로 재야생화된 동물들이라 할 수 있다. 누군가는 반려 고양이를 유기하는가 하면, 어떤 사람은 길고양이의 삶을 걱정하며 돌보기도 한다. 비에 젖지 않도록 우산을 세워두고 그 아래 박스와 담요 그리고 먹을 것까지 챙겨놓은 사람은 얼마나 따뜻한 마음을 지닌 것일까. 모든 생명은 따뜻함이 키운다. 봄비가 새싹을 초록으로 키워가듯 마음 따뜻한 사람이 길고양이를 살게 한다.

몰아친 비바람에
툭, 꺾인 몸

마땅히 돌아와야 할 이들의 남은 생이 빛나길,
눈감는 저녁

신혜선, 「제단 위의 잠」

누가 "이들"을 제단 위에서 자게 하는가. 원통한 잠을 재우는가. 저 꽃이 비바람에 꺾여 다시는 뿌리로 돌아가지 못하는 것처럼, "마땅히 돌아와야 할 이들의" 길도 끊기고 뭉개졌다. "몰아친 비바람"의 실체는 없고 '제단 위의 잠'만 있는 희대의 비극. 누운 꽃이 제단이 되었듯 기어이 진도 앞 맹골수도와 이태원로에 누운 몸들이 꽃의 제단이 되었다. 슬픈 제단에 얼마나 충실한 기도를 올려야 저 꽃들의 원한이 사그라들겠는가.

하여, 슬픔의 안식은 또 다른 생, 그 안에서 "남은 생이 빛나"도록 이어가길. 더는 공포와 절망의 아비규환 없이.

머리들을 한껏 내리 모으고
침묵 속에 치열한 땅바닥,
아잔이 울린 듯 날개는 뒤로 접고
밥벌이의 저 그윽한 경배들이여

유종인, 「조아리다」

한국에서 연 소득 1억 87만 원 이상을 벌어야 소득 상위 10% 안에 들 수 있다. 나머지 시민은 저 비둘기들처럼 적은 모이를 앞에 두고 삶을 조아릴 수밖에 없다. 'OECD 사회지출 업데이트 2023'에 따르면, 공공 사회복지지출 규모도 OECD 평균의 60% 수준으로 GDP 대비 12.3%에 지나지 않는다. GDP 대비 공공 사회복지지출 비율이 파악된 38개국의 공공 사회복지지출 평균은 20.1%로, 회원국 중 한국보다 낮은 국가는 칠레 11.7%와 7.4%의 멕시코뿐이다. 그나마 다행인 것은 한국의 복지지출 비율이 급속도로 증가하고 있다는 점이겠다.

언감생심 소득 상위자가 되기를 바라는 게 아니다. 저 밀집된 곳에 머리를 처박지 않을 정도가 된다면 "밥벌이의 저 그윽한 경배"를 슬프게 여기지는 않을 것이다.

겉과 속뿐만 아니라
그림자까지도
잘 익혀주고 싶은 마음

이시향, 「가을볕」

연일 비가 오던 끝에 볕 해맑은 명절 연휴 첫날을 맞았다. 내 마음도 덩달아 환해졌다. 고향의 의미가 사라진 지 오래 지만, 그래도 내겐 이-푸 투안의 말처럼 고향의 의미는 오래 된 책상 서랍 속에 넣어둔 낡은 편지나 일기장 같은 것이다. 태어난 곳은 있으나 고향이 사라진 이들에게 명절은 깊숙 한 서랍 속 오래된 것들이나, 저 왕고들빼기꽃 그림자처럼 외진 마음이 되곤 한다.

언제라도 우리 사회의 저 그림자같이 외진 사람들에게 가을볕 같은 뜨끈함이 깃들었으면 좋겠다. 시인의 눈이, 시 의 세계가 가을볕의 마음을 내세워 왕고들빼기꽃 그림자를 봤듯이.

칼자국
온몸에 남긴 채

횟집 분리수거 봉투 곁
버려진 이력서 한 장

임창연, 「명예퇴직」

"횟집 분리수거 봉투 곁"에 놓인 것으로 보아 음식점의 도마로 쓰였을 나무다. 저 뭉툭한 도마가 있던 곳이 횟집이었을지 닭집이었을지는 중요치 않다. 기간은 알 수 없으나 오랜 시간 사용되었다는 것은 칼자국 무성한 도마의 무늬가 말하고 있다. 나무의 이력 또한 알 수 없다. 어디서 나고 자라 어느 곳을 거쳐 저 모습의 도마가 되었는지 나이테만으로는 알 길이 없다. 수많은 시간을 떠돌았을 것이라는 점만 나무토막의 상태를 통해 알 뿐이다.

사람 또한 많은 생활이 쌓이고 쌓인 다음에야 더는 이력을 만들지 않게 되는 때가 온다. 바로 퇴직이다. 그런데 가장 명예스러운 퇴직이라는 게 있기나 한 것인지. 저렇게 분리수거되듯 일의 중심으로부터 밀려나는 느낌이 가득한데도 말이다.

나는 우승이 목표가 아니다

신기록을 견인하는

역할에 최선을 다할 뿐이다

정유지, 「페이스메이커Pacemaker」

마라톤은 인간의 초인적 끈기가 필요한 고독한 운동이다. 이때 선수 옆에서 속도와 호흡을 조율하고 응원하는 페이스메이커가 있다면 선수는 좋은 기록을 낼 수 있는 확률이 높아진다. 이 페이스메이커의 능력은 마라톤의 규칙과 특성, 지원하는 선수의 한계까지 잘 아는 것이다.

　문학을 하는 사람에게 페이스메이커는 동료 문인이다. 창작은 혼자 하는 것이지만 문학의 길은 혼자 갈 수 없다. 때로는 이해를, 때로는 자극을 받으며 창작에 열중할 수 있게 하는 대상이 문우(文友)다. 대학의 문학 전공학과의 페이스메이커는 학과의 학우이자 지도교수다. 정유지 시인은 경남정보대학교 디지털문예창작과 교수다. 시인으로서, 학과장으로서 최선을 다하겠다는 다짐은 자신의 직무 능력을 높이기 위한 것이라기보다, 디지털문예창작과 학생들이 최고의 글을 쓸 수 있는 환경을 조성하는 데 주력하겠다는 의미다. 같은 일을 하면서 행위의 목적을 어디에 두느냐에 따라 덕성 있는 리더가 되거나, 혹은 폭정을 일삼는 악한 리더가 된다. 이 디카시 「페이스메이커Pacemaker」를 보면서, 또 작금의 대한민국에 일어난 비극적 상황을 보면서 극명하게 깨닫는다.

편견보다
선입견이 더 문제입니다

오목 볼록
보는 방향에서
오해는 시작됩니다

조규춘, 「착시」

아프리카의 누 무리는 조상들이 움직이던 경로를 따라서만 집단 이동한다. 어느 시기엔 그 경로가 더 위험할 수도 있고 어느 땐 좀 더 수월할 수도 있을 것이다. 기후변화로 인한 강수량을 예측할 수 없을 것임에도 누 무리는 조상들로부터 습득한 그 경로로만 이동한다. 길 그 자체를 믿으며 그 믿음을 집단화하고 세대화한다.

연잎 중앙에는 물방울이 달린 게 아니라 고인 것이다. 내게는 저 물방울이 매달린 것으로 보인다. 있는 그대로가 아니라 보이는 대로 본 탓이다. 어젯밤 관광지 노천에서 흘러간 노래를 부르는 광대 분장의 나이 먹은 여인을 보았다. 끌끌 혀를 차려다 이내 나를 나무랐다. 본다는 것은 불완전하고, 얼마나 위험한 일인가.

방앗간 옆집 사는 창녕댁
코로나 확진 소식에

살아 있소!
우짜든지 며칠만 잘 참아보소, 밥은?

천융희, 「응원」

코로나19 팬데믹 시대에 본 최고의 디카시다. 따뜻하다. 힘이 난다. 뭉클하다. 담장에 알록달록 매달려 있는 노인들의 모습이 예뻐서 웃음이 난다. 지팡이에 의지해 서서 안부를 들으려는 노인, 뒤늦게 합류하는 노인 등 "옆집 사는 창녕댁"이 코로나19 전염병을 잘 견디고 있기를 바라는 마음들이 담벼락을 넘어 들어간다.

프랑스의 경제학자 자크 아탈리는 한국의 큰 자산으로 공동체 의식을 꼽았다. 신자유주의 체제와 소득 불균형으로 공동체 의식이 훼손되지 않도록 하는 것이 한국의 정치가 할 일이라고도 했다. 저 노인들에게서 아직 무너지지 않은 우리의 공동체 의식을 본다. 한 마을 사람들의 모습에서 한국적인 힘을 본다.

봄 가뭄에 시멘트 길이 갈라지고 있다
휘청거리며 그 길을 걷던 사람
발자국마다 피멍 든 사람

최세라, 「늦은 귀가」

"가뭄" "사람" "피멍"의 단어에서 세상살이의 척박함을 읽는다. 「늦은 귀가」에서 "가뭄"은 "시멘트 길이 갈라"질 정도의 위력을 행사하고 있다. 어마어마하게 공포스러운 힘을 내뿜는 어떤 메타포적 의미거나 존재다. 그런 위력 앞에 속수무책의 사람이 걷고 있다. 귀가 중이지만 보통의 일상적인 귀가는 아니다. 아침에 출근하고 오후에 퇴근하는 근로자가 아니거나 혹은 오랜 기간 집에 오지 않았던 사람일 수 있다. 그런 사람이 귀가하는 중인데, 그것도 '늦은 귀가'라는데 거리가 훤하다. 어떤 사연을 가진 사람인지 정확히 알 수 없지만 상관 없다. 훤한 낮에 늦은 귀가를 한다는 상황과 발자국마다 피멍이 들었다는 점에 주목할 필요가 있다. 힘들다. 척박한 세상을 사는 일이 힘에 부친다. 삶이 힘든 사람을 힘들지 않게 하기 위해서는 "가뭄"과 같은 가공할 만한 위력이 제거되어야 한다.

그러나 문명의 꽃은 만화방창하고, 가뭄과 같은 위력이 문명과 조율하지 않을 때 위험사회를 견뎌내는 일은 평범하게 살지 못하는 사람들의 몫이 되고 만다.

굶주림을 이기지 못한
가학적, 탐욕

불리한 진술은 거부할 수 있습니다

황재원, 「죄와 벌」

이 씨는 태어나자마자 근근이 운영하는 보육원에 맡겨졌다. 누구나 가지는 주민등록증마저도 만들지 못하고 대한민국에 없는 국민으로 60살이 넘도록 살았다. 그의 죄는 국밥 한 그릇 값을 내지 못한 죄, 음식점에서 500원짜리 동전으로 7만 원을 훔친 죄 등이다. 사건을 담당한 법조인들은 그에게 '형 면제 판결'을 내렸다. '이 씨에게 최소한의 복지 혜택도 제공하지 못한 국가에도 책임이 있다'는 취지에서였다. 장 발장은 누이동생과 조카 일곱이 굶고 있는 절명의 가난 상태에서 한 조각의 빵을 훔친 죄로 감옥에 들어가 이후 징벌이 더해지면서 19년간 감옥살이를 한 후 석방된다.

황재원은 "굶주림"을 "가학적, 탐욕"이라 말한다. 이 씨에게, 장 발장에게 가난이 가학적이었던 것과 같이, 봄이라고는 하나 보릿고개 시절인 4월 초순의 벌에게는 가학적 굶주림일 수밖에 없다. 탐욕은 배고플 때도 생기고 가학적인 상황일 때도 생긴다. 그러니 죄지만 죄가 아니다. 아니 장발장의 법관들처럼 죄는 죄라고 말하는 이도 있겠다. 그럼에도 한 가지는 기억하시라. "불리한 진술은 거부할 수 있"다는 것을.

4부 우쭐한 우주의 시간

누군가의 기도를 딛고 얹어야 하는
점점 작아져야 함께 이뤄지는
울퉁불퉁한 소원들

김명지, 「상생」

상생은 둘 이상이 만나 서로를 북돋우며 사는 일이다. 조화란 다 같이 잘사는 일이다. 어느 한편으로 치우쳐 하나는 길하고 상대는 힘들다면 그것은 희생이지 상생이 아니다. 음양오행에서 쇠[金]는 물[水]을 낳고, 물[水]은 나무[木]를 낳으며, 나무[木]는 불[火]을 낳고, 불[火]은 흙[土]을 낳으며, 흙[土]은 쇠[金]를 낳는다. 어떤 하나의 요소는 그에 맞는 다른 하나를 만나야만 조화로울 수 있다. 오행도 상생도 행복한 인연이 필요하다.

　누군가의 기도를 딛고 얹는 것이 나의 기도겠으나, 또 내 기도 위에 얹히는 기도가 있을 것이어서 기도가 모이면 큰 울림의 소원이 된다. 탑이 소원이라면 돌은 기도다. 돌이 탑이 되지 않는다면 그저 돌에 머물고 만다. 조화는 '잘' 만나는 것이다. 다만, 흙과 광물질이 만나 돌을 만들었듯, 의당 만나야 하는 것들끼리 만나야 상생이 된다. 저 울퉁불퉁한 소원 중 당신은 지금 어떤 인연을 간구하는가.

구태여 직립을 고집하지 않는다.

세월이 발길질하면 그냥 쓰러지고 바람이 흔들면 그만 넘어진다.

언제나 빈손, 제자리로 돌아가고 있는 중이다.

김승기, 「타나토스는 이런 곳에서 산다」

흙이 벽이 되고 나무가 기둥이 되었지만, 존재의 기원은 흙이었다. 저 헛간은 지금 그 기원으로 돌아가고 있는 중이다. 파괴 본능이 현재 상태를 해체하고 있다. 그러니까 해체는 이전의 존재로 귀환하려는 작업이다. 죽음의 속성 중 최고는 현재의 상태를 유지하려는 욕망이 없다는 점이다. 모든 존재는 현재가 아닌 원래의 상태, 아무것도 아닌 상태로 돌아가려 한다. 존재는 "빈손"을 지향한다. 모든 죽음은 한없이 가볍다. 억만장자도 죽음으로 갈 때는 가벼워진다.

부쩍 주변 지인의 부음을 많이 듣는다. 사람들은 죽음을 대체로 영생을 얻는 일 혹은 제자리로 돌아가는 일이라고 말한다. 정작 망자는 "제자리로 돌아가고 있는 중"인지도 모른다. 그럼에도 그 자리가 슬픈 이유는, 죽음이 이별이라서 그럴 것이다. 고인이 된 영령들의 명복을 빈다.

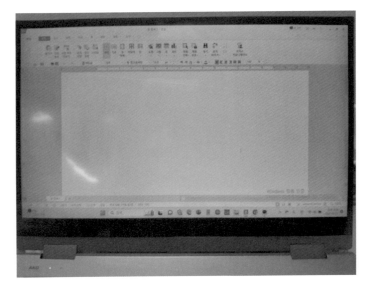

원고료로 백지수표가 왔다.

얼마를 써야 할까?

이걸 고민하느라 글을 못 쓰고 있다.

김언, 「백지수표」

'저는 본업이 두 가지입니다. 하나는 시를 쓰는 일이고 또 하나는 강의하는 일입니다. 시는 밥벌이로 지친 내 심신에 정서적 위안을 주고, 강의해서 버는 밥은 허기진 내 영육에 영양을 제공합니다.' 매 학기 첫 시간에 학생들에게 나를 소개하는 말이다. 학생들이 항상 묻는 '시인의 연봉은 얼마인가요'에 대한 답인 셈이다. 시인에게 연봉을 주는 곳이 없으니 나 스스로 연봉을 정한다.

지상의 가장 부자는 시인이다. 우주 만물의 존재가 시인의 사유 안에서 탄생하거나 사라진다. 구름 한 조각으로 공갈빵을 만드는 연금술사가 시인이다. "원고료로 백지수표가" 오는 것을 이해하겠나. 그러니 시인은 글을 쓸 수 없을 지경으로 고민이 깊을 수밖에.

중국 서안에 양귀비의 화청지가 있더니
터키 파묵칼레에는 이집트 여왕의 온천
맑고 푸른 물에 잠긴 세월의 풍화

김종회, 「소아시아 클레오파트라 온천」

세월이 사람의 것이라면 풍화(風化)는 자연의 것이라지만 유구하지 않기는 매한가지다. 결국 모든 것은 존재 그 자체일 뿐이라는 것을 모를 리 없으나 그래도 사람인지라 희망한다. 클레오파트라는 수만 년의 석회층 위로 흘러내리는 파묵칼레 온천물의 아름다움에 매료되었다. 한편 로마 사람들에게는 치유의 성소로 알려지면서 이곳에 와서 죽는 병든 로마인들로 무덤 도시가 생길 정도였다. 나는 로맹 가리의 단편소설 「새들은 페루에 가서 죽다」를 떠올린다. 존재를 성찰하지 않는 일은 비극이다. 완벽한 충족이 존재하지 않는다는 것을 알면서도 욕망에 매달려 사는 인간 존재에 관한 탐구는 그래서 희망적이다.

양귀비나 클레오파트라는 권력과 아름다움을 욕망했다. 그 욕망이 "맑고 푸른 물에 잠긴 세월의 풍화"라는 덧없음을 느끼게 한 것이고 보면, 어떤 존재라도 사람에게 긍정의 힘이 된다고 한다면 억지일까.

만들지 않았는데 빚어졌네
낳아 기르고 다시 소멸을 품은
한 줌의 흙
불이다
바람이다

김혜천, 「찻사발」

일정량의 물을 채우는 사람, 한 방향으로만 차를 따르는 사람, 저 찻사발을 무던히도 오래 사용한 사람, 사발에서 찻사발로 사용한 사람이 보인다. "한 줌의 흙"이 사발을 만들지는 않았으나 사발이 빚어졌다면, 사발은 그것을 사용하는 사람을 규정해놓았다. 쓰임과 사용이 융합되어 찻사발과 사람이 하나가 되었다. 이때는 굳이 흙, 불, 바람의 연금술도 필요없다.

깊어진 것들은 외형의 그윽함을 갖기 마련이다. 그윽함에서는 향기가 나기 마련이다. 차는 사람이 되고 사람은 차가 된다. 제다(製茶)하는 사람에 따라 차향이 다른 이유다.

   나는 내가 도망가지 못하게 스스로 꽁꽁
묶어두었다
   나는 나의 그물에 갇히고 만 포로이다

김호균, 「포로」

"나"는 끊임없이 "도망가"기를 꿈꾼다. 북아프리카나 서아시아 어디든 모국을 찾아 이곳으로부터 탈주하고 싶다. 터키였을지, 이란이었을지, 이집트였을지 모를 원산지로 가고 싶은 것이다. 또 다른 "나"는 도주를 꿈꾸는 나를 가두고 한국에 정주하고 싶다. 기원전 2000년대부터 존재했던 나의 조상들이기에 원산지 따위는 정확히 알 수도 없으며, 알 길이 없다. 도주하려는 나를 가두기 위해서는 촘촘한 그물망이 필요하다. 겨우내 입던 털옷처럼 북슬북슬한 그물을 치고 신정하기를 기다려야 한다. 그물망이 안전망이라고 느낄 수 있도록.

탈주하려던 "나"는 나의 포로가 되고 말았다. 탈주도 정주도 중요치 않게 되었다. 내 안에서 자라고 있는 씨앗의 모국은 바로 나이기 때문이다. "나"는 역사를 다시 쓰는 중이다. 멜론의 한 역사가 그대로 시가 되었다.

술잔과 술병이
반짝이는 별들이어서
어떤 밤에는

기어코 별빛을 들이키는 술꾼이 되고야 만다

나해철, 「술꾼」

시인과 술은 떼려야 뗄 수 없는 자웅동체 같은 것이다. 지금이야 시인과 술을 별개의 것으로 여기는 사회 풍조가 되었지만 20세기만 해도 시인은 술을 잘 마시거나, 잘 마셔야 하는 풍조가 만연했다. 어느 원로 시인은 '요즘 젊은 시인들은 술을 마시지 않아. 그러니 무슨 시가 되겠어'라는 말을 할 정도였다. 어쨌거나 시인의 탄생 설화에도 술은 빠지지 않는다. 술과 시인이라는 직함은 북유럽 신화에 나오는 아사 신족의 최고신이자 신들의 아버지인 오딘이 인간에게 특별히 준 선물이기 때문이다. 오딘은 거인의 꿀을 훔쳐온 항아리에 자신의 침을 섞어 한 방울씩 인간 세계를 향해 떨어트렸다. 그것을 한 방울이라도 받아 마신 이는 시인이 되었다지.

그러니 시인이 밤하늘에 반짝이는 별만 별이라 하겠는가. 더욱이 시인이 술을 마시는 행위는 신화에 최대한 가까워지는 제의적 시간이랄 수도 있지 않은가 말이다.

　　너는 가능하면 지구에 없는 곳을 가보고 싶다고
한다
　　중력이 없어도 무너지지 않는 세계를
　　구름은 구름 위를 맴돌고
　　흑두루미 소리가 꿈속을 날아다닌다
　　문을 열어주자 동그라미 하나가 동그라미 속으로
들어온다

남길순, 「호텔 순천만」

그런가 보다. 못의 수련이 만으로 가면 저렇게 되나 보다. 그러니까 수련이 '호텔 순천만'에 투숙한 것이라 하는 게 맞겠다. 연못에 한 잎 한 잎 투숙하던 수련은 성수기가 되면 초만원을 이루는 것이다. 대개는 북적이는 못에서 꽃을 피우고 일가를 이루다 생을 마감하지만, 연못이 아닌 곳에 가고 싶은 더러의 수련들은 세상의 다른 곳을 찾았으리라.

둥근 만, 둥근 호텔, 둥근 수련잎. 둥근 것들은 중력이 없어도 무너지지 않는 세계를 만들 수 있다는 것을 순천만이 보여주고 시인은 그것을 읽어낸 것이렸다. 그러므로 저곳은 그냥의 지구가 아니다. 시인이 발견한 새로운 세계다.

바람이 풀을 흔들어 난파선의 문을 열고 있다
문 안엔 물고기들의 선한 눈동자가 들어 있다

멈추어 흐르는 파도가 새겨질 때마다
정박한 절벽 끝이 꿈틀거린다

문설, 「난파선」

제주 한경면 신창리 앞바다에는 12세기 중국과 일본으로 오가던 무역선이 침몰해 있다. 물질하던 해녀가 금 장신구를 발견한 데 이어, 900년 전 중국 남송 시대 도자기가 나오며 세상에 알려졌다. 미국 미시간 호수 일대는 난파선들의 보고다. 그 호수에만 상업용 선박 2천여 척의 침몰선이 있다고 한다. 19세기부터 20세기 초까지 미국 경제성장에 지대한 역할을 한 운행 선박들의 면면을 담고 있다. 당시의 비극이 수중 유물로 남아 역사를 만든 셈이다.

시인이 발견한 난파선에는 바다의 구름 그리고 바람의 방향과 파도의 모양이 그림으로 남아 있다. 사람의 역사 이전의 유물을, 시인은 발견하고 말았다.

사문진 나루터 피아노 소리
해바라기 관중 앞에서
건반 위로 뛰어다니는 작은 음표들
시원한 표정으로 악보를 쓰고 있다

서성호, 「음표가 된 아이들」

때로는 멋진 풍경을 바라보는 것만으로 좋은 휴식이 된다. 저 풍경 속 무성한 초록이 그늘 짙은 그림자를 키우고 그 아래로 바람이 간간이 드나들고 더위는 푹푹 쪘다가 시원해졌다가를 반복했을 것이다. 강렬한 햇살을 추종하는 해바라기꽃이 환하고 대형 피아노 구조물 아래에는 분수가 솟는다. 아이들은 분수보다 역동적이나, 아이들을 지켜보는 부모들은 정적이다. 저곳의 가장 큰 소리는 아이들의 것일 터이다. 평화가 모습을 드러낸 상황이다.

사문진 나루터는 1900년 3월 26일 미국 선교사 리처드 사이드보텀이 피아노를 가지고 들어온 우리나라 최초의 피아노 유입지다. 당시 사람들은 피아노를 '귀신통'이라 불렀다. 사문진의 피아노는 세 가지의 소리를 가지고 있다. 귀신의 소리와 피아노 본연의 소리 그리고 시인이 말하는 "작은 음표들" 같은 아이들 소리다. 한 컷의 풍경이 창조한 평화가 시인의 문장과 만나 풍경 너머 또 하나의 풍경을 만들었다.

나무가 되거라
산이 되거라

바다에 다 온 강물이 되어, 나는
콩돌이라도 쏘아 올리는
총이고 싶었던 것을

손수남, 「너무 늦은 꿈」

내게 꿈이 있다는 것은 내가 어떤 영웅을 알고 있다는 의미와 같다. 사람은 꿈을 꿀 때 위대해진다. 꿈의 위대함은 제각각 다름에 있다. 같은 풍경을 보고도 그리는 사람의 필력에 따라 저마다 그림이 다르듯, 꿈은 그 사람의 결에 따라 다르기 때문이다. 세상이 전부 나무가 되고 산이 된다는 것은 얼마나 지루한 일인가. 그러므로 꿈이란 '나만의 것'일 때 위대하다. 벤저민 디즈레일리의 '당신의 생각이 위대한 사상을 먹고 자라게 하라. 영웅을 믿을 때 영웅이 탄생한다' 라는 말은 내가 어떤 영웅을 아느냐에 따라 나의 꿈이 달라질 것이라는 말이겠다.

어찌, 나무 새총을 만나서 꿈꾸게 되었다고 하여 '너무 늦은 꿈'이라 할 수 있겠는가. 나무를 영웅으로 할 사람, 산이 필요한 사람은 따로 있을 것이다. 혹여 내가 '너무 늦'지 않게 나무 영웅을 만났다 할지라도 그때는 내가 나무 되는 꿈을 꾸지 않을 때였을 수도 있다. 나무나 산은 도처에 흔하지만, 나무 새총은 옛것이 되어 더 진귀해지지 않았는가 말이다.

먼나무 붉은 열매에
유리구슬이 대롱대롱

지팡이로 탁 치니
먼나무 아래에 다시 비가 온다

송이현, 「비 온 다음 날」

디카시를 쓰면 가장 먼저 변하는 것이 있다. 일상의 사물을 보는 눈이 새로워진다. 내 삶의 범주에 있었으나 무심했던 사물들이 재발견되거나 새로운 모습을 하고 뜻밖의 언어가 되어 찾아온다. 그때 느끼는 즐거움은 어떤 것으로도 대체할 수 없을 만큼 풍요롭다.

초등학생 송이현 군이 어떻게 사물을 발견하고 그것을 어떤 언어로 포착했는지 엿보자. 구슬 같은 "붉은 열매에" 다시 구슬이 달렸다. 물방울이 꼭 "유리구슬" 같다. 열매에 매달린 구슬은 "대롱대롱" 달려 있으므로 이내 떨어질 것이라는 전제가 성립한다. 그것을 아는 소년은 비 그친 "먼나무 아래에"서 "지팡이로" 가지를 툭 친다. 먼나무 아래만 다시 비가 온다. 비 온 다음 날 생긴 일이다.

홍화로
마음의 연한 부분 물들여
하늘에 널어요
하루만 더
함께 펄럭이게 해 주세요

양애경, 「하루만 더」

문득, 마음이 순정해지는 때가 있다. 뭉클하거나, 가슴이 찌르르하거나, 두근두근하거나, 푸근해지거나, 온후해지는 것이다. 사람의 손길이 닿지 않는 산길을 따라 지천으로 피어 있는 산괴불주머니꽃을 보았을 때도 그랬다. 개울에서 밤낮 울어대는 개구리들의 떼창을 들을 때도 가슴이 두근두근한다. 어느 날, 올해 들어 처음으로 뻐꾸기 울음소리를 들었다. 뻐꾸기 삶의 방식이야 어떠하든 그때도 가슴이 찌르르했다. 마치 남은 날이 하루뿐이라는 듯 생명력을 뿜어낸다. 간절함이 눈에 잡힐 때, 전이될 때 마음은 순정해진다.

저 홍화 색을 지어 입은 천이 사람의 마음을 가졌다. "하루만 더"가 얼마나 길고 순정한 시간인지를 아는 일. 누구일까. 색을 짓는 농부의 마음일까, 시인의 마음일까.

허무의 주루에 앉아 긴 밤을 보낸다
연암도 생각하구 연암이 깎던 참외도 생각하구
강물 위로 흘러가는 여자의 손톱은 붉고 파랗다
허무의 한 철에 모든 것이 이상하게 찬란하다

우대식, 「허무의 한 철」

'사람들이 행복하게 살고 있었다'라는 말은 도연명이 쓴 「도화원기」의 배경이다. 진시황의 폭정을 피해 숨어든 곳에서 분명 "한 철"을 산 듯한데, 세상은 500년이 흐른 동진 시대라 하였다는 데서 유래한다. 무릉도원. 천국. 찾을 수 없는 이상향.

세상이 부박할수록 우리는 이상향을 꿈꾼다. 시인이 먼 여행지에서 연암을 생각한 것을 보니, 그곳인가 보다. 장자제. 연암은 요동 1,200리 앞에서 울어도 좋을 곳이라 했다. 변화한 시대에 사는 시인도 중국 땅 "주루"에서 연암의 "허무"를 읽는다. 저 휘황한 불빛 안에 허무 말고 무엇이 있는가.

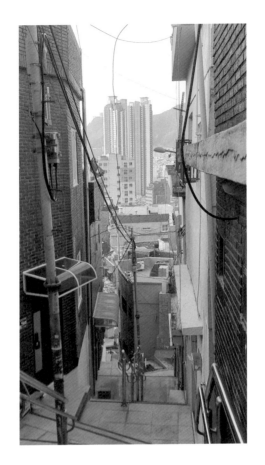

산하고 하늘하고 누가 더 푸른지 물었다

빌딩보다 골목길이 더 넓다고 대답했다

침묵은 그리 길지 않았다

유홍석, 「문답」

당신은 무엇이 더 푸른지 답할 수 있겠는가. "빌딩보다 골목 길이 더 넓다"라는 이 어이없는 대답에 당신의 궁금증은 해소되었는가. 하긴 인간만이 하는 일이니, 인간만이 알 수 있는 일이다. 자연은 한여름에 왜 눈이 내리는지 묻지 않는다. 시간은 기우는 달을 따라가며 해를 몇 번이나 만났느냐는 질문 같은 건 하지 않는다. 하루는 내가 얼마나 잠을 자고 몇 시간을 일하는지 궁금해하지 않는 것과 같다. 그런데 말이다. 정말로 더 푸른 것은 산일까, 하늘일까. 바다는 섬보다 더 깊은 게 맞는 걸까.

나는 자연이 아니며, 시간은 더더욱 아니다. 나는 인간이다. 문답할 때 내가 존재한다. 문제를 참구(參究)할 때 비로소 나는 자연에 좀 더 가까이 갈 수 있으니.

꼬리가 아홉 달린 여우가 나무를 빠져나가는 순간
토끼로 변했다네요

이서화, 「알 수는 없지만」

'그것은 나쁘게 느껴지는 기운이지. 하지만 사실은 바로 그 기운이 자아의 신화를 실현할 수 있도록 도와준다네. 자네의 정신과 의지를 단련시켜주지.' 파울로 코엘료의 소설『연금술사』에서 노인이 '알 수 없는 어떤 힘'이 무엇인지 알고 싶어 하는 젊은 양치기에게 하는 말이다. 세상의 위대한 진실 하나는 내가 무언가를 간절히 원할 때 내 소망이 실현되도록 '알 수 없는 어떤 힘'이 도와준다는 것이다. 그러니 '알 수 없는 어떤 힘'이란 '온 우주'라는 말이겠다.

　　이서화 시인의「알 수는 없지만」은 "꼬리가 아홉 달린 여우"의 꿈은 사람이 되는 것이라는 우리의 평이한 생각을 뭉개버린다. '간절히 원한 그 무엇'이란 인간의 꿈이었지 여우의 꿈은 아니었다는 말이다. 노인의 말대로라면 여우의 단련된 정신과 의지가 꾼 꿈은 토끼가 되는 것이었던 셈이다. 알 수는 없지만.

이제야 찾아 나선다
내리막길 손잡고 갈 길동무
디카시

임옥훈, 「보물찾기」

잘사는 삶을 준비하기 위해서는 유형자산과 무형자산의 균형을 고려해야 한다고들 한다. 그중 무형자산은 우리가 더 오랫동안 사회활동을 하며 풍요로운 삶을 누리기 위한 밑거름이 된다. 긍정적인 가족관계라든지 동반자적인 관계가 좋아야 하며, 신체적·정신적 안정을 찾을 수 있는 활력 자산도 비축해야 한다. 또한 자기 정체성을 갖고 개방적인 태도를 지녀야 하며, 시대의 흐름에 맞춘 자기 갱신이 필요하다.

"이제야"는 좀 늦었다는 표현이다. "내리막길 손잡고 갈 길동무"가 함의하고 있는 의미로 연계된다. 노년이란 생의 내리막길과 지금 화자가 걷고 있는 저 내리막길, 거기다 혼자가 아니라 함께 걷는 이유가 있다. 디카시라는 보물을 찾기 위함이다. 그러므로 늦지 않았다. 함께 가는 길이므로. 동반관계와 활력 자산, 자기 갱신 정신까지 갖추었다. 노후, 잘 준비해가는 중이다.

어디서 왔어?

몰라?

울지 마, 나도 기억이 안 나.

조명, 「너 누구야?」

자연을 합일의 대상이며 닮고 싶은 이상적인 존재로 여기는 세계관은 따뜻하다. 만물은 원래 있어야 할 자리에 있는 것으로 각기 가치를 지니기 마련인데, 인간 또한 만물 중의 하나일 뿐이며 그 모든 것이 유기적이라는 동양적 세계관은 사람을 너그럽고 온유하게 만든다.

시인의 눈에 띈 것은 꽃봉오리가 아니다. 개미 같기도 하고 사람의 얼굴처럼도 보인다. 자연 또한 사람과 다른 존재로 보지 않는 관점에 익숙한 시인의 사유 방식이다. 마치 우는 친구를 달래다 같이 울어버리는 아이 같은 심성으로 "울지 마, 나도 기억이 안 나"라고 하다니. 작약 꽃봉오리도 아니고 사람도 아니게, 그야말로 자연 상태에 이르는 일 아닌가.

물그림자 어룽어룽
산벚꽃 핀 꽃가지도 흔들흔들
꽃바람 연두치마 일렁일 때
쉿! 우리 먼저 가실까요?
저기 너머너머 무너미 넘어

진란, 「때는 춘삼월」

"어룽어룽" "흔들흔들" "일렁"이는 것들은 죄다 봄이다. 번덕스러운 봄. 종잡을 수 없는 봄. 팔랑거리는 "연두치마" 끝의 "꽃바람"으로 불어오는 봄. 본디 봄이란 피는 것은 짧고 지는 것은 길어서 저 원앙들도 바쁘다. 금실이 좋고 좋지 않고는 나중 일이다. 봄은 막바지이고 강물은 저리 흔들리는데 사랑이 우선 아니면 생명의 값을 다하지 못하는 것이 된다.

하여, "우리 먼저 가실까요?" 나는 무너미[水逾]를 수유 너머가 아니라 문지방 너머로 읽고 싶어진다. 봄이 지상의 만물을 꼬드길 때 초록이 짙어질 것이므로.

해가 뜨는지 비가 오는지
날마다 마음은 절벽
시간을 녹이며, 온몸을 삭히며
새 문장을 기다리는 사람

황주은, 「시인」

시인은 "기다리는 사람"이다. 수만 가지 생각과 존재들이 "새 문장"으로 되살아나기를 주야장천 강구하고 기다리는 사람이다. 이때 모든 존재가 시인에게로 와서 의미가 되거나 현존재가 되는 것은 아니므로 기다린다는 것은 자칫 허무로 귀결될 여지도 있다. 그럼에도 시인은 기다린다. 시의 씨앗을 발견하고 그 씨앗이 움을 내기까지 "시간을 녹이"고 "온몸을 삭"혀가며 기다린다. 그렇다고 사뮈엘 베케트의 '고도' 같은 허무는 결코 아니다. 오히려 사뮈엘 베케트의 그 허무를 이기기 위해 시인은 시를 쓰는 것이므로. 편지를 기다리며 우체통의 온몸이 녹슬어가듯, 시인아, 기다려라. 생의 허무는 걷히고 말 것이니.

디카시, 또 하나의 다리를 건너다

— 최광임의 디카시 해설집
『풍경에서 피어난 말들』이 하는 일

오민석(문학평론가·단국대학교 명예교수)

이상옥 시인이 2004년에 최초의 디카시집
『고성가도』를 출판함으로써 시작된 디카시가 시난
해인 2024년에 발원 20주년을 맞이하였다.

지난 20년 동안 디카시는 — 아마 창시자인 이상옥
시인 본인도 예상을 하지 못했거나 깜짝 놀랄
만큼 — 성장에 성장을 거듭해왔다. 중등학교 국어
교과서에 디카시가 게재되기 시작한 것은 물론이고,
국어사전에도 새로운 문학 장르의 이름으로
등재되었으며, 일간지 신춘문예를 비롯하여
전국에서 수많은 디카시 공모전이 끊임없이 열리고
있다. 디카시 관련 전문지도 점점 늘고 있으며,
최근엔 디카시에 대한 올바른 이해를 돕기 위한
'디카시창작지도사' 민간 자격증 제도까지 생겨났다.

디카시가 이렇게 디지털 시대의 새로운
문예 장르로 자리 잡게 된 것은 디카시를 창시하고
이론화한 이상옥 교수, 현재 한국디카시인협회

회장인 김종회 문학평론가, 부회장이자 집행
위원장인 최광임 시인 등 소위 '디카시 트로이카'와
더불어 사무총장 이기영 시인, 천융희 시인, 김정희
시인 등 디카시 문예운동 주체들의 헌신적인 노력의
결과로 보인다. 더불어 디카시만이 가지고 있는 장르
고유의 변별적 코드 역시 디카시의 확산과 발전에
큰 동력이 되었음이 분명하다.

　　이 책의 저자인 최광임 시인이
『머니투데이』에 인기리에 연재했던 디카시 해설
글을 묶어 2016년『세상에 하나뿐인 디카시』를 냈을
때만 하더라도 디카시는 하나의 소문이었다. 최
시인의 소개와 권유에 따라 많은 시인이 디카시를
쓰기 시작했으나, 디카시는 독립된 성격의 이론을
가진 창의적 장르라기보다는 대부분 사진시의 일종
혹은 변종으로 받아들여졌다. 그럼에도 불구하고
『세상에 하나뿐인 디카시』는 디카시의 열풍까지는
아니더라도 거센 바람을 일으키기에는 충분했고,
덕분에 많은 독자와 문인들에게 디카시의 실체가
각인되었다.

　　　그로부터 9년이 지난 지금 최광임 시인이 두
번째 디카시 해설집『마음에서 피어난 말들』을 낸다.
첫 번째 해설서와 이제 두 번째 해설서를 내는 그
사이에 디카시의 현장은 어떻게 달라졌을까. 일단
그사이에 디카시가 대중적으로 9년 전과 비교할 수

없이 엄청나게 확산되었다는 사실을 주목할 필요가
있다. 디카시 전문지만이 아니라 각종 시 전문지에도
디카시 전용 지면들이 눈에 띄게 늘어나면서 전문
시인들도 과거에 비해 훨씬 더 많이 디카시 창작
대열에 합류하고 있다는 사실 또한 큰 변화다.

그러나 디카시가 이렇게 급속하게 팽창하면서
몇 가지 문제가 드러났는데 그중 하나가 디카시에
대한 무지와 몰이해 역시 심각한 수준에 도달했다는
것이다. 이는 새로운 문제라기보다는 디카시가 워낙
많이 그리고 널리 퍼지다 보니 이제 이런 문제가
더욱 자주 노출되고 있다고 보는 편이 정확할
것이다.

디카시는 디카시만의 고유한 이론 체계가 있다.
그것을 모르고는 디카시를 제대로 쓸 수가 없다.
그간 특별한 이론 체계도 없이 근근이 명맥을
유지해온 사진시와 디카시는 이런 점에서
근본적으로 다르다. 사실 이상옥 교수의 『디카시
창작 입문』(2017)이나 그것에 정확히 근거해 쓴
디카시 이론 글을 찬찬히 읽지 않으면 디카시
이론의 '놀라운 창의성'을 이해하기도 실감하기도
불가능하다. 이런 상황에서 현재 수많은 공모전에
작품을 투고하는 일반인들이나 시인들이 과연
디카시 이론을 제대로 아는 상태에서 디카시

창작을 하고 있는지 확답하기 어렵다. 디카시 창작과 비평의 현장에서 오래 지켜본 바에 의하면, 일반인들과 시인들을 포함하여 대부분이 디카시에 대한 정확한 이론적 이해 없이 디카시를 쓰고 있다. 불편한 현실이지만, 심지어 디카시집을 출판하거나 디카시 강의를 하고 있는 사람들의 경우에도 일부는 디카시를 제대로 이해하지 못한 상태에서 그런 작업을 수행하고 있다.

이런 상황에서 최광임 시인의 이 디카시 해설서는 발원 20주년을 넘어 이제 또 하나의 다리를 건너야 하는 디카시의 현 단계에서 중요한 역할을 할 것으로 기대된다. 디카시에 대한 많은 오해는 주로 디카시와 사진시를 구분하지 못하는 데에서 발생하며, 이런 오해는 디카시를 창작하는 데 큰 장애가 된다. 이 책은 전문 시인뿐만 아니라 다양한 직업과 연령의 사람들이 쓴 디카시의 정수들을 뽑아 보여줌으로써 독자들이 디카시의 독특한 매력에 흠뻑 빠지게 할 뿐만 아니라, 디카시에 대한 이론적 개입을 통하여 디카시에 대한 오해를 바로잡고 실제 창작에 있어서 디카시가 나아갈 길을 환하게 밝혀준다. 디카시에 대한 이론적 이해와 실제 창작의 구체적 사례들을 통해 디카시를 제대로 이해하고 싶은 독자들에게는 최광임 시인의 이 책이 바로 좋은 길잡이가 될 것이다.

"아직도 디카시는 사진이 중요하다고 인식하는 사람이 많은 듯하다. 시인들은 '나는 사진을 잘 찍지 못해서 디카시를 못 써'라거나, '내가 사진 공부를 좀 해서 디카시에도 관심 있어'라고 한다. 또 사진을 좋아하는 사람들이 '디카시가 사진을 다 망쳐놓고 있어'라고 말하는 경우도 종종 접한다. 모두 디카시를 제대로 이해하지 않은 데서 나온 말들이다. 잘 찍은 사진은 그 자체가 작품이다. 그에 비해 디카시의 사진은 꼭 작품일 필요가 없다. 디카시의 이미지는 서정시와 같이 화자의 시적 정서 또는 시적 정조 등과 호환한다. 다시 말해 디카시의 이미지는 시인의 정서적 의미로 작동한다. 그러므로 때로 구도가 잡히지 않은 사진도 디카시의 소재로 훌륭하게 사용될 수 있다. 사진의 구도나 작품성이 중요한 것이 아니라 시인의 정서적 반응이 중요하기 때문이다."
_21쪽 해설 중에서

디카시가 강조하는 것은 사진 기호와 문자 기호 사이의 화학 반응이다. 사진이 너무 완벽해서 문자 기호를 억누르거나 문자 기호와 아무런 화학 반응을 일으키지 못한다면, 그것은 훌륭한 디카시가 아니다. 역으로 문자 기호가 너무 탁월해서 사진 기호와 아무런 삼투 현상을 불러일으키지 못한다면, 그것 역시 훌륭한 디카시가 아니다. "디카시의 사진은 꼭 작품일 필요가 없다"는 것은 디카시에서 사진이 중요하지 않다는 말이 아니다. 디카시에서 사진이

아무리 훌륭해도 문자 기호와 반응을 일으키지
않으면 아무런 의미가 없다는 말이다.

　　　훌륭한 사진은 그 자체만으로도 예술이 될
수 있다. 디카시가 요구하는 것은 예술 사진이나
시가 아니라 사진과 문자 기호 사이의 깊고 행복한
'반응'이다. 이런 점에서 디카시는 사진과 문자
기호 양쪽에서 '배타적 완결성'을 거부하는 매우
창의적이고 독특한 장르다. 박완호 시인의 디카시
「꽃잎 편지」에 대한 해설의 앞부분에서 최광임
시인은 바로 그 부분을 이야기하고 있다. 디카시에선
사진이나 문자 기호 어느 것도 상대를 밀어내고
배타적 우위의 자리를 선점하지 않는다. 그것들은
오로지 서로 화학 반응을 일으켜 디카시라는 최종적
층위를 창조하는 예비적 층위들일 뿐이다. 예술
사진이 아닌 사진 기호와 시가 아닌 문자 기호가
합쳐져 훌륭한 '디카시'가 될 수 있는 이유가 바로
여기에 있다. 이상옥 교수도『디카시 창작 입문』에서
다음과 같이 말한다. "디카시의 사진을 사진 예술의
관점에서 파악하여 이렇게 찍어야 하고, 저렇게
찍어야 한다는 식으로 개입하는 것은 바람직한 일이
아님을 다시 강조해둔다. 몇 번 말하듯 디카시의
사진은 그 자체로 사진 예술이 아니다. 디카시의
문자는 그 자체로 시가 아니다. 이 둘이 합해져서
완벽한 하나의 텍스트가 된다."(85쪽 참조)

창작품의 해설을 통한 이론적 개입 외에도 최광임의
이 해설서가 디카시의 미래를 예비하는 데 도움이
되는 이유가 두 가지 더 있다.

　　　첫째, 이 해설서는 시인들뿐만 아니라
대학생, 외국인 대학생, 초등학생, 가수, 번역가,
화가, 수필가, 직장인 등 다양한 주체들이 쓴
디카시를 모아놓고 있는데, 이는 그 배열 자체로
디카시 장르의 고유한 특징을 보여준다. 전문
시인들이 아닌 일반인들에게 시를 쓰라고 하면
대부분은 매우 난감해할 것이다. 어찌 보면 불가능한
일이기도 하다. 그러나 디카시의 경우는 다르다.
일반인들에게 기본적인 창작 원리를 알려준 후에
디카시를 써보라고 하면, 대부분은 시를 쓰는 것보다
훨씬 더 흥미를 갖고 쉽게 디카시에 달려든다.
디카시는 스마트폰이나 디카로 사진을 찍고 그것에
5행 이내의 짧은 문장을 곁들여야 한다는, 어찌
보면 매우 손쉬운 길잡이이자 규칙이 있기 때문에
대중들이 접근하기에 용이하다. 일본의 문학
장르로 5, 7, 5의 3구 17자로 쓰되 계절을 나타내는
기고(季語)와 기레지(切字)가 들어가야 한다는 간단한
규칙으로 600만 명 이상의 동호인을 가지고 있는
하이쿠는 디카시와 이런 점에서 매우 유사하다.
최광임은 이 책을 통해 시인들만이 아니라 다양한
직업과 연령의 일반인들도 누구나 노력만 하면

훌륭한 디카시인이 될 수 있으며, 디카시를 직접 생산하고 소비할 수 있는 '프로슈머(prosumer)'가 될 수 있음을 다양한 디카시들의 배열과 해설을 통하여 보여준다.

둘째, 이 해설서는 디카시가 다룰 수 있는 소재와 주제의 무한한 다양성을 보여준다. 디카시는 사진과 문자 기호를 동시에 사용하여 일차적으로는 개인이나 가족의 삶을 예술적으로 기록할 수도 있고, 기후 위기, 성차별, 장애인 문제, 노동, 가난, 죽음, 욕망, 전쟁 등 한마디로 삶의 모든 영역을 사진과 문장의 결합을 통해 효과적으로 건드릴 수 있다. 기존에 디카시를 써오던 사람들도 이 책을 보면서 디카시의 촉수가 얼마나 다양한 소재와 주제들을 품을 수 있는지 확인할 수 있을 것이다.

이제 디카시는 발원 20주년을 넘어 새로운 지평으로의 도약을 눈앞에 두고 있다. 한편으로는 하루가 다르게 확산하고 있는 디카시의 엄청난 대중성을 잘 보호하고 응원해야 할 것이다. 다른 한편으로는 본격문학으로서 디카시의 위상을 지속해서 궁구해야 할 것이다. 대중성이 밀고 전문성이 앞당겨 서로 행복한 합일에 이를 때, 진정으로 풍요롭고 지속적인 디카시의 미래가 열릴 것이다. 나아가 디카시의 양적 확산과 더불어 디카시의 원리와 이론적 창의성에 대한 올바른

이해가 디카시 창작자들 사이에서 반드시 자리를
잡아야 한다.

　　　디카시가 규칙과 원칙이 흐려진 상태에서
사진시와 구별 없이 남발되면 디카시는 '비(非)장르적
B급 예술'로 생명을 단축할 가능성도 있다. 이런
맥락에서 최광임의 이 책은 시의적절한 디카시
안내서이자 현 단계 디카시의 가장 훌륭한 현장
보고서라고 할 수 있다. 디카시에 관심 있는 분들의
일독을 권한다.

수록시 필자 소개

1부 꼭 피어난 말들

김금용(시인, 1997년 『현대시학』)

김정숙(경남정보대 디지털문예창작과 재학)

문동만(시인, 1994년 『삶 사회 그리고 문학』)

박완호(시인, 1990년 『동서문학』)

서장원(디카시인, 2021년
이병기디카시신인문학상)

송경동(시인, 2001년 『내일을여는작가』)

신새롬(두원공대 간호학과 재학)

신은숙(시인, 2013년 세계일보 신춘문예)

아만 뜨리파티(Aman Tripathi, 인도 네루대
한국어학과 석사)

위점숙(수필가, 2014년 『에세이21』)

윤선(시인, 2018년 『시와반시』)

이기영(시인, 2013년 『열린시학』)

이소영(독자)

이유상(독자)

이지아(시인, 2015년 『쿨투라』)

장병연(시인, 2024년 『문학21』)

전현주(경남정보대 디지털문예창작과 재학)

조영학(번역가)

최영욱(시인, 2001년 『제3의문학』)

최희순(독자)

2부 마음의 행로

강영식(디카시인, 2018년
오장환디카시신인문학상)

고경숙(시인, 2001년 『시현실』)

고진하(시인, 1987년 『세계의 문학』)

김영빈(디카시인, 2021년 『시와경계』)

김옥종(시인, 2015년 『시와경계』)

노태맹(시인, 1990년 『문예중앙』)

박미경(시인, 2016년 『산림문학』)

박해경(동시인, 2014년 『아동문예』)

벼리영(시인, 2021년 『월간문학』)

손현숙(시인, 1999년 『현대시학』)

이대흠(시인, 1994년 『창작과비평』)

이상미(경남정보대 디지털문예창작과 재학)

이상옥(시인, 1989년 『시문학』)

이정록(시인, 1990년 동아일보 신춘문예)

이지상(싱어송라이터)

이청아(두원공대 간호학과 재학)

임동확(시인, 1987년 시집 『매장시편』)

조현석(시인, 1988년 경향신문 신춘문예)

채종국(시인, 2019년 『시와경계』)

최성봉(독자)

3부 산 시인의 사회

김경언(시인, 2014년 『문학공간』)

김경화(디카시인, 2023년 디카시집 『디카시, 섬광의 유혹』)

김남규(시인, 1993년 『모던포엠』)

김유석(시인, 1990년 서울신문 신춘문예)

김정희(시인, 2013년 『시와경계』)

김청미(시인, 1998년 『사람의 깊이』)

나종영(시인, 1981년 『창작과비평』)

명순녀(디카시인, 2018년 디카시집 『춤추는 시인』)

문임순(독자)

문현미(시인, 1998년 『시와시학』)

박수아(두원공대 교수)

신혜선(《피렌체의식탁》 편집인)

유종인(시인, 1996년 『문예중앙』)

이시향(동시인, 2003년 『시세계』)

임창연(시인, 2013년 『시선』)

정유지(시인, 1991년 『월간문학』)

조규춘(화가, 2016년 시집 『공수래 병수거』)

천융희(시인, 2011년 『시사사』)

최세라(시인, 2011년 『시와반시』)

황재원(독자)

4부 우쭐한 우주의 시간

김명지(시인, 2010년 『시선』)

김승기(시인, 2003년 『리토피아』)

김 언(시인, 1998년 『시와사상』)

김종회(문학평론가, 1988년 『문학사상』 평론)

김혜천(시인, 2015년 『시문학』)

김호균(시인, 1994년 세계일보 신춘문예)

나해철(시인, 1982년 동아일보 신춘문예)

남길순(시인, 2012년 『시로여는세상』)

문 설(시인, 2017년 『시와경계』)

서성호(시인, 2012년 『한국문단』)

손수남(시인, 2012년 『호서문학』)

송이현(평촌초등학교 재학)

양애경(시인, 1981년 중앙일보 신춘문예)

우대식(시인, 1999년 『현대시학』)

유홍석(디카시인, 2021년 디카시집 『묵언』)

이서화(시인, 2008년 『시로여는세상』)

임옥훈(독자)

조 명(시인, 2003년 『시평』)

진 란(시인, 2002년 『주변인과詩』)

황주은(시인, 2013년 『시사사』)

풍경에서 피어난 말들
마음으로 읽은 디카시 해설집

초판 1쇄 2025년 1월 24일 발행

지은이 최광임
펴낸이 김현종
출판본부장 배소라 책임편집 진용주 디자인 조주희, 김기현
마케팅 안형태, 김예리 경영지원 신혜선, 문상철, 신잉걸

펴낸곳 ㈜메디치미디어
출판등록 2008년 8월 20일 제300-2008-76호
주소 서울특별시 중구 중림로7길 4
전화 02-735-3308 팩스 02-735-3309
이메일 medici@medicimedia.co.kr 홈페이지 medicimedia.co.kr
페이스북 medicimedia 인스타그램 medicimedia

ISBN 979-11-5706-386-4 (03810)